アヘ顔見ないで！
先生はクールな退魔士
鷹羽シン
illustration◎鬼ノ仁
えすかれ
美少女文庫
FRANCE SHOIN

プロローグ　憧れの先生《クールマーメイド》・式守玲奈

季節は春。四月も残すところ数日となり、新しいクラスにも徐々にではあるが馴染んできた頃。春の木漏れ日が窓から柔らかく射しこんでくる一年二組の教室内に、カッカッとチョークが黒板を打つ硬質な音が響いている。

うららかな春の日差しが射しこむ三階の教室にあっても、倉田守《くらたまもる》は眠気に誘われることもなく、ただその音の発信源である教室の前方をうっとりと見つめていた。だが、彼の視線を釘づけにしているのは、黒板に羅列《られつ》された数字や公式ではなく。几帳面な字でそれらを紡ぎだしている、黒のスーツに身を固めた一人の美しき女教師の姿であった。

その女教師の名は、式守玲奈《しきもりれいな》。守の通う式守学園に昨年から赴任した二十三歳の若き女教師である。そしてその名が示す通り、彼女は学園の女性理事長の娘でもあった。

背中まで伸ばされた長く艶やかな漆黒のストレートヘア。黒板をまっすぐに見つめる切れ長でツリ目がちの瞳。鼻筋のスッと通った形よい鼻と、天然の朱で彩られたみずみずしい薄い唇。知的で上品な印象を与える整った美貌は、一方でどこか冷たい印象も与える。

身長は百六十七センチと女性としては高めであり、細身の肢体をカッチリとした黒いスーツで包んでいる。生徒に余計な関心を抱かせないためという配慮と彼女の真面目な性格からか、化粧は薄く、意識的に体型のわからない格好をしているようだ。しかし、タイトスカートから伸びる、黒いパンティストッキングに包まれたスラリと長い美脚は流麗な曲線を描いており、隠しきれない彼女の女性としての魅力を表していた。

玲奈は女子水泳部の顧問をしており、放課後のプールという限定された空間でのみ披露される競泳水着姿は、ため息が出るほど美しく、そして悩ましいという。学生時代に水泳の全国大会に出場した経験とその容貌から、玲奈は羨望をこめて『クールマーメイド』と一部の生徒に呼ばれていた。

その人魚の美しき姿を目にできるのは通常ならば女子水泳部員だけである。しかし守は玲奈がスーツの下に、噂《うわさ》どおり、いやそれ以上に均整の取れたプロポーションを有していることを知っている。なぜ守がそれを知っているのかといえば、入学したばかりの頃、偶然に玲奈の競泳水着姿を目撃したことがあるからであった。

広大な学園内で迷ってしまった守は、室内プールの近くに偶然迷いでてしまい、水泳部のコーチングをしていた玲奈を目撃した。ピッチリとした競泳水着を盛りあげる流線型に突きでた乳房と、水着からこぼれでたたっぷりと果肉のつまった尻肉はあまりに魅惑的で、守は思わず玲奈に見惚《みと》れて、その場で固まってしまったのだった。

じっと水着姿を見つめている男子生徒の出現に、やがて女生徒たちがざわつきはじめる。ハッと気づいた時には、守は周囲の女生徒たちに不審者を見るような視線で見つめられていた。しかし玲奈だけは、守の言葉に耳を傾《かたむ》けてくれた。顔を真っ赤にして俯きながらも懸命に弁明する守に、ただうなずき、教室棟の方角を指差して教えてくれたのだ。

その日から、怜悧《れいり》な美貌を有するもその内に優しさを秘めている玲奈に、守は心酔した。そして同時に、玲奈の悩ましい肢体が脳裏に焼きついてしまったのだった。

しかし、もう一度玲奈の水着姿を見に行くことは、守にはできなかった。もし見つかってしまったら、あの日の弁明も偽《いつわ》りだと思われてしまう。あの出来事はあくまで事故であったと、玲奈だけには信じてほしかった。だから守はこうして、玲奈の後ろ姿を見ながら、あの日網膜に焼きついた玲奈の水着姿を重ねて、夢想するしかないのであった。

守がうっとりと玲奈を見つめていると、板書を終えた玲奈がクルリと振りかえる。フワリと舞った長い黒髪を守が陶然と見ていると、その視線と振りかえった玲奈の視線がバッチリと重なってしまった。

「この公式は重要なポイントですから、覚えておくように。では、この公式を用いて……倉田くん。二十六ページの問題を、解いてみなさい」

「……へ？　は、はいっ！」

突然憧れの女教師から名前を呼ばれ、守はあわてて立ちあがる。守の頭のなかは玲奈のことでいっぱいであったが、しかし彼女の綴《つづ》った数字の羅列は、まったくと言ってよいほど頭のなかに入っていなかった。

守は教科書を手に、ぎこちなく教室の前方へ進み出る。そして、玲奈の双眸《そうぼう》に見つめられるなか、守はなんとか頭を回転させ、解答を導きだしてゆく。幸い、差された問題は、昨日バッチリ予習をしてきた部分だ。緊張のなか、守は昨日の記憶を手繰《たぐ》り寄せ、どうにか黒板に解答を書き記した。

「正解よ。よくできたわね」

そう憧れの女教師に褒められ、守はホッと胸を撫でおろす。褒められた喜び半分、

真面目に授業を聞いていなかった罪悪感が半分である。

玲奈とすれ違った際に仄《ほの》かに鼻腔をくすぐった大人の香りに胸を蕩《とろ》かせながら、守は席に戻り、安堵のため息を吐いた。

守は普段、予習などするタイプではない。成績も中の下といったところだろう。それでも、玲奈の担当する数学だけは、きちんと予習復習を行っている。そこには、授業時間中は思う存分玲奈を見つめるためという、純粋とは言い難い理由があった。

授業を行っている玲奈には申し訳ないという気持ちはあるものの、しかし目の前に玲奈の麗しき姿があり、そして玲奈の唇からこぼれる美しき調べで耳朶をくすぐられては、数式などまるで頭に入ってこないのだ。だからせめてもと、予習復習でその分を取り戻している守であった。

本末転倒のようではあるが、どちらかといえば数学が苦手であった守が、最近では徐々に数学に対する理解を深めている。過程はどうあれ、玲奈は数学教師として、守に大きな影響を及ぼしていた。

やがて、授業終了のチャイムが鳴る。至福の時の終了を告げる鐘にため息を吐きながら、守は号令とともに頭をさげる。そして、黒いローヒールパンプスの踵《かかと》をコッコツと鳴らして教室を出ていく玲奈の背中を追いかけ、あわてて教室を飛びだした。

「あっ。し、式守先生っ」

廊下に出たところで、守の声に玲奈がクルリと振りかえる。守は玲奈と身長は同じくらいだが、ヒールの分もあり、玲奈の視線は若干下に向けられている。

「なにかしら」

至近距離で玲奈に見つめられ、守はドギマギしながらも、手にした教科書のとあるページを開く。

「あ、あのっ。昨日復習をしていたんですけど、ちょっとわからない部分があって、教えてもらってもいいですか。ここなんですけど」

守が熱心に予習復習を行うのには、もう一つ理由があった。こうして玲奈の元に質問に訪れるという口実を作れることである。

「この問題ね。……そうね。口頭では少し説明が難しくなるけれど……」

「そ、それじゃ、後で質問に行ってもいいですか」

「ええ。かまわないわ。では、昼休みに職員室にいらっしゃい。倉田くんはいつも勉強熱心で、感心ね」

「ア、ハハ……。ありがとうございます」

玲奈は守の下心になどまったく気づく様子もなく、熱心に勉学に励む教え子の姿に感心している様子だった。約束を交わすと、玲奈は背筋をピンと伸ばし廊下を歩いてゆく。玲奈の後ろ姿を見つめながら、守は玲奈に不純な動機を心のなかで詫びつつも、昼休みの個人授業が今から楽しみで仕方がないのであった。

午前中の授業がすべて終わり、昼休みのチャイムが鳴る。守は登校途中にコンビニで買ってきたパンを取りだし机に並べると、同じく買ってきた紙パックのコーヒー牛乳を飲みながら、質素な昼食を取りはじめる。本当はパンよりも温かい中華まんのほうが好みなのだが、冷めても食べられるようにとの妥協である。

守の両親は共働きで、両親ともに守が起きる前に会社に出かけてしまう。当然、弁当など期待できるわけもなく、昼食はいつもパンですませている。別に購買で買ってきてもよいのだが、混雑のピークに巻きこまれると、大幅なタイムロスとなってしまう。貴重な昼休みに、無駄に時間を費やす訳にはいかないと考えるようになった守は、入学後ほどなくして、朝のうちに昼食を用意しておくようになっていた。

もそもそした焼きそばパンを咀嚼《そしやく》しつつ、コーヒー牛乳をストローですする。ともすればすべてのパンを一気に口内につめこんで、コーヒー牛乳で一息に胃のなかに流しこんでしまいたくなる。だが、あまり急いで出向いても、玲奈の昼食の邪魔をしては迷惑になってしまう。守はなんとか心を落ち着かせつつ、時間をかけて焼きそばパンを咀嚼していた。

「よっ、守。今日も職員室までクールマーメイドを拝みに行くのか？」

焼きそばパンを呑みこみ次のパンの袋を開けようとしたところで、男子生徒が手前の空席に腰をおろし話しかけてきた。中学からの顔馴染みである坂本太一《さかもとたいち》だ。

「太一か。そんなんじゃないって。僕はただ、わからないところを教わりに行くだけで……」

「ふ～ん。中学の時は数学の授業をほとんど寝て過ごしてたお前がねえ。くくっ」

太一が愉快そうに含み笑いをしつつ肩を揺らす。守は眉を顰《ひそ》めながら、新しく封を切ったコロッケパンにかじりついた。

「なんだよ。からかいに来たのなら、どっか行けよ。これ食べたら職員室に行くんだから」

「まあまあ。そんなに焦るなよ。親友には優しくしておいたほうがいいぜ。思わぬ幸せを運んできてくれるかもしれないからな」

「なにが親友だよ」

軽口を叩く太一に守は肩をすくめる。太一は顔をにやけさせたまま、制服のポケットから携帯電話を取りだし、液晶画面を守の眼前に突きだした。

「へへ。これを見てもそんなことを言ってられるかな?」

「ん?……ああっ!?」

その画面に映った一枚の写真を見て、守は思わず大声をあげ腰を浮かせた。その瞬間、教室中の生徒の視線が守に集中する。守は縮こまりながらそそくさと椅子に腰をおろし直し、しかしその両手で太一の手ごと携帯をガッチリと握り、液晶画面を凝視した。

「こ、これ……どうしたんだ？」

そこには、スーツ姿の玲奈の横顔が写っていた。

「へへへ。親友のために、一肌脱いでやったのよ。よく撮れてるだろ。けっこう大変だったんだぜ、撮るの。玲奈先生に見つかったら、没収されちまうからさ」

学園内に携帯電話を持ちこむことは、校則で禁止されていた。玲奈は生活指導にも厳しいため、これまでにも見つかって没収された生徒が何人もいる。もっとも、お説教を受ける代わりに、その日の放課後には返却してくれるのだが。

「お、おい。携帯は校則違反だろ。それに、盗撮なんて……」

「あ〜そう。それじゃ、この画像は消しちゃうかな〜」

太一が携帯のボタンを押そうとしたその時、守は思わずその指をつかんでいた。

「おやおや〜。どうした守くん？」

「く〜っ」

ニヤニヤと守の顔を下から覗きこむ太一に、守は唸りながら赤くなった顔をそむけた。

「まあまあ。この写真がお前の勉強の役に立つなら、玲奈先生も許してくれるって。勉強の合間にでも眺めろよ」

「太一……」

太一はポンポンと守の肩を叩き、ニッと爽やかに笑ってみせた。親友の心意気に、守は思わず胸が熱くなる。

「それじゃあ、学食で点心セットな」

「……え？」

悪友の言葉に、守は一瞬凍りついた。点心セットとは餃子《ぎょうざ》、シュウマイ、中華まんなどが大皿に所狭しと並べられた、学食の人気メニューだ。そのボリューム感から男子学生にかなりの人気を誇り、しかも五百円とお値打ちではあるのだが、しかしパン数個ですませている今の守の懐具合からすると、かなり厳しい注文であった。

爽やかに見えた太一の笑顔も、いつの間にか悪魔のそれに変わって見える。

「当たり前だろ。こっちだって危ない橋を渡ってんだから」

「……肉まん一つじゃダメか？」

「よし。やっぱり画像は削除……」

「わーっ。待ってっ。じゃあ、特選肉まんっ。今月、小遣い残ってないんだよっ」

特選肉まんは特選というだけあり、通常の肉まんよりも大きさも味も上まわっており、そして値段もまた相応であった。守の必死の訴えに、太一は首を捻ってしばし思案する。

「しょうがない、親友のためだ。特選フカヒレまんで手を打とう」

「それじゃ点心セットと百円しか変わらないだろっ」

その後、粘り強い交渉の末、なんとか特選肉まん一つで交渉が成立した。職員室からの帰りがけに、学食で購入してくることを約束させられる守であった。

「うう。今週はパン一個減らさなきゃ……」

「へへ。毎度あり〜。でもまあ、いい買い物したと思うぜ。玲奈先生の写真なんて、俺じゃなかったら千円はふっかけられてるところだぞ」

うなだれる守の肩に右腕をまわしながら、太一は左手で携帯を操作した。

「携帯、家に置いてきてんだろ。メールで写真送っておいたからさ。感謝しろよ」

「ああ、ありがと……ふう」

予定外の出費にダメージを受けていた守だが、気を取り直して顔をあげる。逆に考えれば、これで家でも玲奈の美貌を眺めることができるようになったのだ。そう考えれば、安いものなのかもしれない。もっとも、入手手段を思うと、玲奈には申し訳ない気持ちになってしまうが。

「……ハッ。もうこんな時間だっ」

気づけば昼休みも半ばに差しかかっていた。守は残りのコロッケパンを一気に口内につめこむと、咀嚼もそこそこにコーヒー牛乳で胃袋に流しこむ。

「むぎゅ、むぐ……ゴクンッ。プハッ。それじゃ太一、僕もう行くからっ」

「おう。特選肉まん楽しみにしてるぜ～」

教科書とノートを抱えてバタバタとあわただしく教室を出ていく守を、太一は手をヒラヒラさせて見送った。

「しかし、あの守があんなに勉強熱心になるなんてねえ。そりゃ確かに、玲奈先生は美人だと思うけどさ」

手のなかの携帯を操作し、太一は役目を終えた画像を消去する。幸いというべきか、太一は年上には興味がなかった。これからも守と女性絡みで喧嘩することはないだろう。

「玲奈先生の水着姿なら、本当に点心セットもいけるかな？」

椅子の背もたれに体を預け、天井を見つめて太一は不謹慎なことを考えるのだった。

「ふ～。終わったぁ」

夕食後、守は自室にて今日の数学の授業を復習するべく一時間ほど学習机に向かっていた。ようやく一区切りついたところで、大きく息を吐きながら机の上に体をうつ来数学が苦手な守にとっては、なかなかに頭の痛い状況だ。

伏せに投げだした。

「う〜。頭がパンパンで、爆発しそう」

一区切りついたというのに、頭のなかではいまだ数字や公式が飛び交っている。元来数学が苦手な守にとっては、なかなかに頭の痛い状況だ。

しかし、その飛び交う数字や数式に、玲奈の声を重ねてみれば。

「……へへ」

守の頬は、自然と緩んでしまうのであった。なにしろ今日の昼休み、玲奈との個人授業のなかで直接玲奈の声で聞いた内容である。脳内で再現することはそれほど難しくはない。

「ああ……今日も玲奈先生、綺麗だったなぁ……」

守は二つ折りの携帯電話を手に取って開くと、早速待ち受けに設定した、太一に送ってもらった玲奈の横顔の写真を眺める。そして、学園とは違って憧れの女教師を名前で呼ぶと、ニヤニヤと締まりのない笑みを浮かべた。おそらく隠し撮りしたであろうその一枚は横顔で、視線も守のほうを向いているわけでもない。しかしその、まっすぐに前を見つめている玲奈のシャンとした姿こそが、守の心をつかんで放さないのであった。

小さな液晶のなかの玲奈の横顔を見つめつつ、守は今日の昼休みを思いかえしてみる。机に置かれた教科書を見つめながら、長い黒髪を左手でかきあげる玲奈。露わになった形のよい耳や白い首筋を思い浮かべると、胸がドキドキと高鳴ってくる。

そして玲奈は時折、守の理解度を確かめるように、守の顔を正面からじっと見つめてくる。曇りのない黒水晶のような瞳に見つめられると、言い様もないゾクゾクとした感覚が背筋を走り抜けるのだ。

時間にして十五分ほどの短い間ではあるが、玲奈と二人で過ごす時間は、守にとって至福の時であった。今ではそのために学園に通っていると言っても過言ではないだろう。

『またわからないことがあったら、なんでも聞きに来なさい』

そう言って薄く微笑んだ玲奈の笑顔が、守の心をとらえて放さない。守は携帯を握ったまま、ベッドの上にあお向けにダイブする。そして寝転がりながら、玲奈の横顔をうっとりと見つめる。

「玲奈先生……。美人で、頭がよくて、クールに見えるけど、実際はすごく優しくて……あんな人が彼女だったらなあ……。でも、学生との恋愛なんて、絶対にしないタイプだろうな」

玲奈への憧れの気持ちは大きいが、しかしいざ今の自分が玲奈の隣に恋人として並ぶとなると、リアルに想像することは難しい。

『私たちは教師と生徒。君を恋愛対象として見ることはできないわ』

もし告白などしても、そうピシャリと断られるのがオチだろう。海よりも深く落ちこむ自分の姿が目に浮かぶようだ。

だから今は、学生として許される範囲で、少しでも玲奈の側にいられればいい。そして、玲奈にも少しでいいから、自分のことを見てほしい。それが、守が苦手な数学に必死で取り組む理由であった。

守は勉強はあまり好きなほうではない。自分がここまで頑張ることができるだなんて、守自身も高校入学までは想像すらしていなかった。テレビなどでよく聞く、人生を変える恩師というのは、玲奈のような人のことなのかもしれないな。守はぼんやりと、そんなことを考える。

「ふあぁ～……。眠くなってきたな」

今日一日、脳を酷使したせいか、ベッドに体を預けているうちに、疲労感が全身を蝕みはじめた。守は携帯を枕もとに置き、目をつぶる。写真とはいえ、寝る直前まで玲奈の顔を眺めていたのは、もちろん初めてのことだ。

「もしかしたら、玲奈先生が夢に出てきたりして……」

玲奈と恋人同士となった夢が見られたならいいのに。ぼんやりしはじめた頭でそんなことを考えながら、守は数分のうちに眠りに落ちたのだった。

しかしその夜、守が見た夢は、守の想像を遥かに超えた内容であった。

暗闇のなか、一人の女性が、全裸でうずくまっている。長い黒髪はしどけなく床に散らばり、身体は小刻みに震え、荒い息遣いがもれ聞こえる。

相手が全裸の女性ということで一瞬躊躇《ちゅうちょ》した守だったが、しかし苦しそうに喘ぐその女性を放っておくこともできず、わずかずつ近づくとおずおずと声をかけた。

「あの……大丈夫ですか？」

守の声に反応し、ゆっくりと女性が顔をあげる。垂れさがる長い髪から垣間見える女性の顔に、守は心臓が飛びだしそうなほど驚いた。その女性は、玲奈であった。

「れ、玲奈先生っ。ど、どうしたんですか？」

予想だにしなかった状況に混乱する守に、玲奈は震える手をゆっくりと伸ばすと、守の頬にそっと手を当てる。そして潤んだ瞳で守を見つめ、かすれた声で囁《ささや》いた。

「守くん……たすけて……」

憧れの女教師に下の名前で呼ばれたことに驚きつつも、守は助けを求める玲奈に状況を尋ねる。

「いったいなにがあったんですか、玲奈先生。具合が悪いんですか？」

「ええ……。身体が、熱くてたまらないの……。おなかの奥が、燃えるように疼いて……ハァ、ハァ……肌が火照って、息が苦しい……。このままじゃ、私、おかしくなってしまうわ……」

玲奈は切なげに言葉を紡ぎながら、守の首に両腕をまわし、力なくしなだれかかってくる。玲奈の上昇した体温と肢体の柔らかさが伝わり、守の鼓動も早くなり、口のなかがカラカラに渇いてゆく。

「わ、わかりました。それじゃ、救急車を呼びますからっ」

あわてて携帯を取りだそうとした守の手を、玲奈がキュッと握る。

「ダメよ……。守くん。君にしか、できないことなの……。おねがい。私を、たすけて……」

濡れた瞳で必死に懇願する玲奈に、守は戸惑いながらもただうなずいた。

「わ、わかりました。僕できることならなんでもします。それで、僕はどうすれば……」

玲奈は守の手を両手で包むと、ゆっくりと己の身体へ導いてゆき、そのツンと突きでた流線型の豊かな膨らみに触れさせた。

「わっ。れ、玲奈先生っ？」

驚いて手を放そうとした守だが、玲奈は守の手を握ったまま放そうとしない。

「さあ、守くん。おねがい。私の胸を、揉んで。私の、お、おっぱいを……乱暴に、揉み潰してほしいのっ」

　玲奈の懇願と、手のなかにひろがるような蕩けるような感触。ゴクリと唾を飲みこんだ守だが、あまりに普段と違う玲奈の様子に、体が硬直して指一本すら動かせなくなってしまう。

「れ、玲奈先生。どうしてこんなこと……」

「くひっ、くぁぁっ。……わ、私の身体には今、淫らな気が充満しているの。は、早くこの気を浄化しないと……私の身体は、淫気に呑みこまれて……。私が、私でいられなくなっ、んくっ、くひぃぃーん‼」

　突然、玲奈が自分の身体を両手で抱きしめ、全身をブルブルッと震わせた。そして守は信じられないものを見てしまった。あの理知的な玲奈が、瞳をクルンと裏返らせ、大きく口を開き涎すらこぼしながら舌を垂らして、その美貌を崩壊させ牝そのものとなった瞬間を。

　玲奈は凄艶なアヘ顔を晒しながら、白い喉をのけぞらせ、ビクビクと肢体を痙攣させている。股間からはブシャブシャと透明な蜜が噴きだしていた。想像したことすらなかった玲奈の表情に、守は衝撃のあまり言葉を発することができなかった。

　やがて絶頂による玲奈の痙攣が収まり、天を向いていた玲奈の顔がゆっくりと前に向けられる。しかしそこには、守のまったく知らない玲奈の顔があった。欲情に潤んだ目もとを妖しく蕩けさせ、舌先は唇のまわりをチロチロと淫靡《いんび》に舐めまわしている。まさしく、淫婦の表情。守の憧れた玲奈はもう、そこにはいなかった。

『ウフフ……』

玲奈は艶然と微笑むと、凍りついたまま動けない守にのしかかってくる。

「う、うわっ」

玲奈に押し倒され、守はあお向けに寝転がる。四つん這いで守の上にまたがった玲奈は、その瞳を妖しく輝かせて、守を見下ろしている。そして玲奈はベロリと舌を垂らすと、守の頬をネトォ〜ッとゆっくり舐めあげた。

「うひぃっ。れ、玲奈先生、いったいどうしちゃったんですかっ？」

『ウフフ。もうこの女には、自我はないわ。頭のなかは淫らな欲望でいっぱい。この女は性に貪欲な、一匹の牝に生まれ変わったのよ』

「そ、そんなっ、うあぁっ」

首筋をカプカプと甘噛みされ、守は思わず悲鳴をあげる。確かに玲奈は、守の知っている玲奈ではなくなっていた。

『ウフフ……坊やに助けを求めたようだけど、無駄だったようね。さあ、この女の肉体を使って、たっぷりと男たちの精気を集めましょう。まずは、坊やのザーメンを涸れるまで吸い取ってあげるわ』

玲奈の顔をした誰かが、守の股間を妖しく撫でる。

「くあっ。や、やめろっ。玲奈先生の身体で、男の精気を集めるなんて、そんなことは許さないぞっ」

『ウフフ。もう手遅れなのよ。この女はすでに、男の精気を集めるためだけに存在する淫らな牝肉になったのだから。さあ、坊やのザーメン、いただくわよ』

玲奈が腰をくねらせ、守のいきりたった肉棒に秘裂を押し当てる。そして、玲奈がゆっくりと腰をおろしてゆくと、守の肉棒がぬかるんだ媚肉にヌプヌプと呑みこまれてゆく。

「うあぁっ。れ、玲奈先生、正気に戻ってよっ。玲奈せんせえーっ！」


「……ハッ!?」

ベッドから跳ね起きた守は、あわててキョロキョロと周囲を確認する。そこは、見慣れた自室であった。玲奈の姿は、もちろんない。

「ふぅ～……。夢かぁ」

守は大きく安堵のため息を吐く。夢でよかった、と心底思う。もちろん、守とて健全な男子だ。玲奈と恋仲になり、それ以上の関係になることを夢想したこともある。

しかし、憧れの女性が次々に男を襲う淫らな牝になってしまうなど、耐え難いことである。たとえそのなかの一人に自分が含まれていようとも、だ。玲奈には、憧れたままの存在でいてほしかった。

「それにしても、あんな夢を見るなんて……。僕、結構溜まってたのかなあ。……それとも、予知夢なんてことは……。ハハッ。あるわけないか」

幼い頃から、守は時々予知夢を見ることがあった。それは友人が車にはねられる夢や(幸い軽症ではあったが)、近所で火事が起きる夢など、たいがいはよくない内容であった。しかも、いずれも事件が発生してから、夢に見ていたことを思いだすのだ。まったく役に立たない予知夢であった。

しかし、今回は内容のせいか、目が覚めた後もしっかりと覚えている。だが逆を言えば、その内容が内容なだけに、予知夢とは到底思えなかった。自分が助けられなかったせいで、憧れの女教師が淫らな存在に堕落してしまうなどと……。

「玲奈先生、変な夢見て、ごめんなさいっ。……あと、これからすることも、許してくださいっ」

守は正座をし、開きっぱなしになっていた携帯に写っている玲奈に頭をさげる。そして、これからすることにも許しを乞うた。そう。衝撃の淫夢によりギンギンに勃起している己が分身を、慰めようというのである。時刻はまだ午前六時。普段起床する時間より一時間は早かった。

守はベッドの下からエロ本を取りだすと、ズボンとパンツをおろしてパラパラとめくりだす。

「う〜ん……やっぱり玲奈先生の胸のほうが……。って、なにを考えてるんだ僕はっ。ちがうちがう。……それにしても玲奈先生のイッた顔、めちゃくちゃエロかったなあ。……って、だからそうじゃないってばっ」

欲求の解消のためにと自慰をはじめた守だが、脳裏に浮かんでくるのは淫夢のなかで見た玲奈の淫らな姿ばかり。何度頭を振っても浮かんできてしまい、結局フィニッシュにおいても、脳裏に鮮明に浮かんでいたのは、玲奈が絶頂した瞬間の顔、いわゆるアへ顔であった。

スッキリするはずがかえって罪悪感でいっぱいになってしまった守は、心のなかで玲奈に詫びながら、頭を冷やすべくシャワーを浴びに部屋を出る。今日はたまたま変な夢を見てしまっただけだと、そう守は思いこもうとした。

しかしこの淫夢こそが、守の平凡な人生が変わるきっかけになるなどとは、この時の守は露ほども思ってはいなかったのであった。

Lesson 1 深夜の学校で先生が!?

五月に入り、新緑が目に眩しい爽やかなとある朝。

「おはよう～……」

「おお、守。おは……うわっ。なんだそのクマ」

教室に入ってきた守に朝の挨拶を返すべく振り向いた太一は、しかし爽やかな朝には似つかわしくない守のひどい有様に思わず声をあげた。守の目の下には、寝不足を示すクマがクッキリと色濃く浮きでていた。

「なんだか最近眠れなくてさ……」

守は自分の席に着くと、上半身を机の上にだらりと投げだした。

「昨日もそんなこと言ってたよな。大丈夫か?」

「う～ん……」

眠そうな顔で生返事をする守。

「どうせ、玲奈先生のスケベな夢でも見て、興奮して眠れないとかじゃねえの？」

からかい半分で太一がそう口にすると、しかし太一の予想以上に、守は大きくビクンと体を震わせて反応した。

「お？　図星か？　なあなあ、どんな夢見たんだよ。言ってみ？」

「あ〜、もうっ。ほっといてよっ」

太一がつっつくと、守はグシャグシャと髪をかきむしり、机の上に顔を突っ伏してしまった。これ以上話をひろげるのは無理だと判断した太一は肩をすくめると、守のそばを離れて、友人たちの会話の輪に加わっていった。


初めて淫夢を見たのが一週間前。それから毎晩、守は玲奈の登場する淫夢を見ていた。いずれも、玲奈が守の日の前で淫婦に豹変《ひょうへん》し、守に襲いかかってくるという過激な内容であった。

豹変の直前に玲奈は必ず、己の身を慰めて欲しいと守に懇願してきた。夢のなかでも普段の記憶が残っていた守は、玲奈の願いを聞こうとするが、しかしどういうわけか体は硬直して動かず。結局堪えきれなくなった玲奈は淫らな気に心を食いつくされて、最後には淫婦と化してしまうのだった。

「なんで僕、いつも動けなくなっちゃうんだろう……。でも、玲奈先生にエッチなことするなんて。それに、僕が変なことして、もっと悪化しちゃっても困るし……うう～ん……」

「……くん。……倉田くん！」

「っ!? は、はいっ！」

突然厳しい口調で名前を呼ばれ、うんうん唸っていた守はあわてて顔をあげた。視線の先では、教壇に立った玲奈がまっすぐに守の顔を見つめていた。

「この問題の答えはいくつになるか、わかるかしら」

玲奈がチョークを持った手で黒板を指し示す。心の内を見透かすような玲奈の視線に、背筋に緊張が走る。しかしよく見れば、板書されている数字の羅列には見覚えがあった。昨日ちょうど予習しておいた部分だ。

「ええと……X＝4、です」

守が答えると、玲奈は小さく息を吐いた。

「それは、次の問題の答えよ。予習をしてきているのは感心だけど、だからといって授業中にぼんやりしていていいわけではないわ」

「す、すみません……」

どうやら昨日予習しておいた内容が頭のなかでごちゃ混ぜになっていたらしい。確かにここ最近は、数学の予習復習の際にも玲奈の顔と淫夢の内容が交互に浮かんできて、まったく集中できていなかった。

クラスメイトから笑いが起こるなか、守はただ縮こまっていた。


授業終了後、守は玲奈に廊下へ呼びだされた。

「倉田くん、どうしたの？　最近はまったく授業に集中できていないようだけれど」

「すみません……」

玲奈に尋ねられ、守はただ俯いて謝る。先生のエッチな夢を見るせいで授業に集中できません、などとは言える訳がなかった。

「昼休みにも質問に来なくなったわね。もしかして、いま教えている範囲はもう完全に理解できてしまっていて、つまらないのかしら？」

「そ、そんなっ。そんなことないです」

決して嫌味ではなく、玲奈は純粋に、守の理解が授業より先に進みすぎていて飽きているのではと勘違いしたようだ。玲奈のなかでは、守はかなりの優等生になってしまっているらしい。そう思われたいと振る舞ってきたことが、逆効果になってしまったようだった。

「すみませんでした。今日はちょっとぼうっとしてしまって……。次からは、ちゃんと授業を受けますから。また、わからないことがあったら、聞きに行ってもいいですか?」

「そう。わかったわ。いつでも質問に来なさい。……それと、勉強に集中できないような悩みを抱えているのなら、私でよければ相談に乗るわ」

「あ、ありがとうございますっ」

「それじゃ」

守の謝罪を受け入れ、玲奈はクルリと踵を返して、職員室へと戻っていった。

「……玲奈先生に心配かけちゃうなんて、駄目だなあ、僕」

最近は玲奈の顔を見るたびに罪悪感に襲われてしまい、あれだけ楽しみにしていた数学の授業も、玲奈と目線が合わないようにと体を縮こまらせてしまう始末。職員室に質問に行かなくなったのも、玲奈にどんな顔をして会いに行ってよいかわからなくなってしまったからだった。

「せめて、授業だけはちゃんと受けるようにしよう」

決意を新たに、守は玲奈の後ろ姿を見つめるのであった。


昼休み。職員室を訪ねる気にもなれず、守はぼんやりと窓の外を見ながら購買から買ってきた中華まんをもそもそと食べていた。本来なら好きな味のはずなのに、なんだかひどく味気ない。これならば、少し前まで昼休みの時間節約のために食べていた冷えたパンのほうが美味しかったような気すらしてしまう。

するとと、コンビニ袋をぶらさげて近寄ってきた太一が、守の前の席に腰をおろした。

「よっ。憧れのクールマーメイドに叱られて、落ちこんでるか？」

「うるさいなぁ。ほっといてってば」

太一のからかいに、守はむくれて顔をそむける。太一はクックッと含み笑いをもらすと、守の肩に腕をまわしてグッと顔を近づけてきた。

「まあまあ。そんなに邪険にするなよ。大親友がお前を元気づけるためにいいモノを持ってきてやったからさ」

「なんだよ、いいモノって……？」

いつの間にか大親友に昇格していたらしい友人は、コンビニ袋のなかから一冊の雑誌を取りだした。

「うわっ。太一、学校になに持ってきてるんだよっ」

「わっ、バカ、声がデカイって。見つかったらマズイだろっ」

太一が机の上にひろげたのは、一冊のエロ雑誌であった。表紙を見る限り、グラビア写真集などとは違い、かなり過激なもののようだ。こんなものが見つかったら一大事である。あわてて守も、雑誌を隠すように周囲に背を向ける。気づけば守も共犯になっていた。

「これでも見て元気出せよ。貸してやるからさ」

「別に頼んでないのに……うわ、すごっ……」

雑誌のなかには、大胆な体位で絡み合う男女の姿や、秘部丸出しでポーズを取る扇情的なコスチューム姿の美女、はたまた拘束具に繋がれた美女も写っている。守は思わず食い入るように写真を見つめてしまう。

パラパラとページを捲っていると、『アへ顔特集』というページが目にとまった。そこでは何人もの美女が、目を剝き舌を垂らし、悦楽に溺れただらしない顔を晒していた。

「おっ。守、こういうのが好きなのかよ。お前も結構マニアックだねえ」

「ち、ちがうよ。たまたま目に入っただけで……」

そう言いつつも、目の前の雑誌と夜ごとの淫夢がオーバーラップする。玲奈のアへ顔が鮮明に脳裏に浮かびあがってきて、守は思わずゴクリと唾を飲みこんだ。

「なんだ。玲奈先生のアへ顔でも妄想してるのか？　確かに、あのクールな先生もこんなだらしない顔をするのか、興味はあるよな」

「そ、そんなこと考えてないよっ」

「隠すなって。バレバレなんだからさ。ズボンの前、えらいことになってるぜ」

「えっ……わあっ⁉」

太一に指摘され視線をおろすと、制服のズボンに猛烈な勢いでテントができていた。

守はあわてて両手で股間を隠す。

「まあ、元気が出たようで安心したぜ。それじゃ今晩はそいつでストレス解消にいそしんでくれ。抜きまくって疲れればよく眠れるだろ。じゃなっ。俺、トイレ行ってくるわ」

「お、おい、太一っ」

「ああ。礼はまた特選肉まんでいいや。よろしく～」

太一は手をヒラヒラさせて教室を出ていった。しばし呆然とその背中を見送った守は、ハッと気づくと、あわてて机のなかに雑誌を捻じこんだ。

「まったく……」

唐突にやってきては頼んでもいない物を押しつけて、見返りを要求して去っていく。そんな気ままな友人の姿にため息を吐きつつ、守は机の上に上半身を預ける。

「ま、いいけどさ。明日の昼休みは、太一と一緒に学食かなあ」

職員室に向かう理由もすでになく、昼休みは時間を持て余し気味な守である。予想外の出費に頭を痛めつつも、守は友人の気遣いに感謝し、その気遣いに報いる方法を思案するのであった。

午後の授業は、午前以上に集中できなかった。昼休みに見たエロ雑誌の影響か、ぼうっとしていると淫夢のなかで見た玲奈のアヘ顔がまぶたの裏に浮かんできてしまう。仕方なく眠ってやりすごそうとしても、今度は授業中にまで例の淫夢を見る始末。

幸い六時間目は古文の授業だったため、担当の老教師には授業中に寝ていることはバレなかったようだが、周囲のクラスメイトたちは机の上に突っ伏しながら時折ビクンッと体を大きく跳ねさせる守を気味悪そうに見つめていた。

「おい、守。授業終わったぞ～」

「……んえ?」

太一に肩を揺り動かされ、守はようやく目を覚ます。すでに帰りのホームルームも終わってしまったようだ。

眠い目を擦りながら体を起こすと、不意に下半身を不快感が襲った。冷えたねとついた粘液が下着に貼りついた、奇妙な感触。しばし寝惚《ねぼ》けた頭でその感触の正体についてぼうっと考えていた守は、一つの答えに辿り着き、途端に顔が青ざめる。

「ん? どうした、守。はは～ん。さては、また玲奈先生のエロい夢を見て、夢精しちまったとか?」

「い、いや、そんなわけないだろ。アハハハ……。あっ、今日、急いで帰らないといけないんだった。それじゃっ！」

乾いた笑いを顔に貼りつかせた守は、学生カバンを引っつかむと、ズボンの前をカバンで隠しながら勢いよく教室を飛びだしていった。

「……マジで？　昼間、刺激的なモン見せすぎたかな」

開け放たれたままの教室の扉を見ながら、太一はポリポリと頭をかいた。


幸い、守の家は学園から徒歩で十五分ほどの距離である。守は入学以来の新記録を叩きだして家に帰りつき、そのまま制服を脱ぎ捨てると浴室に飛びこんで、頭からシャワーを浴びた。

「が、学校で夢精なんて……なにやってるんだ僕はあぁぁぁぁっ！」

顔から火が出そうなほどの羞恥に、守は頭を抱えて悶絶した。幸い、気づいたのは太一だけのようだ。あのような感じではあるが、太一はこういうことを周囲に言いふらすような性格ではない。おそらく、噂がひろがることはないだろう。いや、そう信じるしかなかった。

ぬるめのシャワーで頭を冷やし、下半身をボディソープでしっかりと洗ってから、守は浴室を出てフラフラと自室に向かった。

「玲奈先生の授業の最中じゃなかったのが、不幸中の幸いかな。ハハハ、ハハ……うわあぁぁ〜っ」

むなしく響く慰めの言葉に逆に心の傷をひろげてしまい、守はベッドに飛びこんで頭から布団を引っかぶったのだった。


「……ふぇっくしゅっ！……うう……いま何時？」

肌寒さにクシャミを一つもらした守は、もぞもぞと布団から頭を出した。暗闇のなか、携帯電話に手を伸ばす。液晶には二十二時三十分と映しだされていた。シャワーを浴びた後、ベッドの上で羞恥にのたうちまわっているうちに、いつの間にか眠ってしまったらしい。あんなことがあったというのに、やっぱり夢の内容はまた同じで、己が分身は懲《こ》りることなくいきり立っている。守はため息を吐きながら肩を落とした。

「……あ。制服、脱ぎっぱなしだった」

守はベッドを出るとシャツとパンツを着替え、自室を出て脱衣所に向かう。そこには脱ぎ散らかした制服と下着が散乱していた。先ほど携帯に受信したメールを確認したところ、両親ともに今日は仕事で帰れないということだった。残滓《ざんし》に塗れたパンツを見つからずにすんだことにホッとしつつも、うんざりした顔で拾いあげ、軽く水洗いしてから洗濯機に放りこむ。そして同様に転がっていたカバンを拾いあげた。

「ん？　なんかカバン、妙に軽いな。……あ」

カバンを開けてみると、なかは空っぽだった。あわてて逃げるように帰宅したせいで、机のなかの教科書やノートをしまうのを忘れていたらしい。

「あちゃ〜……。まあ、明日でいいか。あ、でも、明日も数学あるんだよなぁ。これじゃ予習も復習もできないや。……いや、待てよ。それより、なにか大事なことを忘れているような……ああっ!?」

しばし首を捻って考えていた守は、重大なことを思いだし、思わず大声をあげた。

「ヤバイッ。太一に借りたエロ本、机のなかに入れっぱなしだっ」

守の顔がみるみる青ざめる。あんなものが誰かに見つかったら一大事だ。そしてその噂が玲奈の耳に入ってしまったら、間違いなく軽蔑されてしまうだろう。

「それに確か、玲奈先生って夜にたまに、学園内を見回りしているんだっけ」

太一から、月に一度ほど玲奈が夜の学園内を見回りしているという噂を聞いたことがあった。理事長の娘でもあるし、真面目な性格から学園内を見てまわっているのだろうと、その時は特に気にも留めなかったが。

「まあ、噂だしね。それに本当だとしても、月に一回だし、確率は三十分の一でしょ。だいじょうぶだいじょうぶ。ハハハ……ハ」

笑って自分を安心させようとするが、しかし頭のなかでは悪いほうにばかり考えが向いてしまう。もしその三十分の一が今日だったら。几帳面な玲奈なら、机のなかを覗いてまわるくらいはするかもしれない。その時、もし今日の分の教科書やノートがぎっしりつまった机の中身を見られてしまい、そしてそのなかに紛れている、過激なエロ雑誌が見つかってしまったら……。

「……ダメだ。明日まで待つなんて、できそうにない」

ただでさえ変な時間に眠ってしまって目が冴えているのに、こんな心配事を抱えていては、今晩はまず眠ることはできないだろう。守はため息を吐くと、再び学園に向かうために、もう一度制服を身につけるのだった。

夜の学園は妙にひっそりとしていた。さすがにどの部活動も練習を終えているらしく、学園内はおろか学園の周辺にもまるで人の気配はなかった。

校門が閉まっていたため、守は周囲を見渡して誰もいないことを確認してから、そっとよじ登ろうとした。しかし鉄の門に手をかけた瞬間、バチンッと静電気が走る。

「あたっ！」

思わず叫んでしまい、守はあわてて口をつぐむ。幸い、周囲には人影はなかったようだ。守は改めて門に手をかけ、今度は手早く登っていく。妙に手がビリビリと痺れたのは、先ほどの静電気のせいだろうか。門から飛び降りると同時にギイッときしんだ音が静けさのなかに響き渡り、一瞬肝《きも》を冷やしたが、やはり誰も様子を見に来る者はいなかった。守はホッと胸を撫でおろす。

下足場の扉は閉まっていなかったため、素早く校内に潜りこむ。夜の校舎はひっそりとしていてなんだかうすら寒い。守は唾をゴクリと飲みこむと、なるべく気配を殺して一年二組の教室へと向かった。

教室に辿り着き扉に手をかけると、鍵はかけられていなかった。すぐさま教室内に入り、自分の机のなかを覗きこむ。なかには今日使った教科書やノートと、そして例の雑誌が入っていた。先に誰かに見つかって没収されたということはなかったようだ。

守はホッと胸を撫でおろし、机のなかのそれらをカバンへとしまっていく。

その時、コツコツと廊下の床を叩く硬質な音が聞こえた。

「いいっ!?」

守は驚いてあたりをキョロキョロ見まわすと、目についた教卓の下に潜りこみ、息をひそめた。その音はゆっくりと近づいてきたが、しかし立ちどまることなく、そのままゆっくりと通り過ぎていった。

「……あれ?」

肩透かしを食い、守が首を傾げる。教卓の下から出てそっと廊下を覗いてみると、ちょうど玲奈が廊下の角をまわり、その後ろ姿が見えなくなるところだった。

「見回り……じゃ、ないのかな?」

玲奈の性格からすれば雑な見回りといえる素通りに、守は疑問を抱く。するとその胸に、抑えきれない好奇心がひろがっていく。見回りでなければ、あの美しい女教師は、夜の学園内でいったいなにをしているのだろうか?

守はカバンを手に、玲奈の背後をそっと追いかけた。

式守学園の敷地の中央には樹齢何百年もありそうな大木が一本生えており、校舎はその大木を四角く囲むように建てられている。玲奈は月明かりが射しこむ校舎のなかを、ただ静かに歩いていた。守は玲奈に見つからないように一定の距離を空けて、そっと後をつける。

ふと玲奈が、廊下の真ん中で立ちどまった。壁には校内掲示用の黒板が立てかけられている。数秒ほどその黒板を見つめていた玲奈は次の瞬間、黒板の後ろに手を入れてまさぐりだした。

しばしゴソゴソとまさぐった後、玲奈はゆっくりと手を引き抜く。そして黒板の前で手を組むと瞳を閉じ、小さく何事かを呟きはじめた。

「……っ!?」

思わず声をあげそうになり、守はあわてて口を両手で押さえて、廊下の角に身を隠す。玲奈が何事か唱えた瞬間、黒板の裏側にポウッと明かりが灯ったように見えたのだ。

「………？　気のせいかしら」

一瞬、気配を感じてこちらを振り向いた玲奈であったが、守の存在には気づかなかったようだ。わずかに小首を傾げるも、玲奈は再び廊下を歩きだした。

玲奈が角を曲がったところで、守は玲奈が立ちどまっていた黒板の前にやってくる。

玲奈がやっていたようにそっと後ろに手を伸ばしてまさぐってみると、指先にツルッルとした感触が触れた。

「ん？　なんだこれ。……お札？」

黒板の後ろを覗きこんでみると、そこには一枚の真新しいお札が貼ってあった。

「もしかして、学園内に幽霊が出るから、除霊のために玲奈先生がお札を貼ってまわってるとか？　まさかね、ハハハ……。そ、そうだ。早く玲奈先生を追いかけないとっ」

守の想像は突拍子もないものではあったが、人気《ひとけ》のない夜の学園内というシチュエーションにはあまりにマッチしすぎていた。守は乾いた笑いで恐怖心を抑えこみ、深く考えないようにして、再び玲奈の後を追うことにした。

玲奈は時折立ちどまりながら、四角い校舎のなかをグルリと一周する。そして三階の廊下をまわり終えると、今度は二階に降りて、再び同じように校舎内をまわりはじめた。

 玲奈が立ちどまった場所は各所に設置された掲示用の黒板の前で、そして手を差しこんでみるといずれもその裏側には真新しいお札が貼ってあった。

「玲奈先生、本当に除霊をしてるのかも……」

 守は玲奈の姿が見えなくなった廊下で、再び黒板の後ろをまさぐりながら、そんなことを考える。淡い月光に照らされる玲奈の理知的な美貌はなんとも神秘的で、玲奈がそのような非日常な世界の住人であったとしても、不思議ではないように思えた。

「……あいたっ！」

 玲奈の去った廊下の先を見ながらぼうっと黒板の裏側を撫でていると、突然指先にピリッと痛みが走った。あわてて指を引っこめると、人差し指の先にうっすらと血が滲んでいた。

「あいたた……。釘にでも引っかけちゃったかな」

 守は指先を口に咥えて血を舐め取ると、再び玲奈の姿を追うべく歩きだした。守は気づかなかった。守の指先に何度も擦られたことにより、黒板の裏に貼られた真新しいお札に切れ目が入ってしまっていたことを。

玲奈は一階まで降りると、やはり同じようにお札を貼りながら校舎内を一周した。守はいちいち黒板の裏に手を入れるのをやめて、ただ玲奈の姿を追うことにした。

一階の南側校舎にお札を貼り終えて、玲奈はふうと一つ息を吐いた。これで東西南北のそれぞれの校舎の、一階から三階までに一枚ずつ、合計十二枚のお札を貼ったことになる。

そして玲奈は中庭に出ると、中央にそびえ立つ大木の前に進みでた。守は校舎のなかに隠れつつ、窓から玲奈の様子をうかがった。

玲奈は大木に取りつけられた巨大なしめ縄を指先で撫でながら、グルリと大木のまわりを一周する。そして再び結び目のある正面に戻ってくると、両手を組んで瞳を閉じ、何事かを唱えだした。

すると、守の背後にあった黒板、正確にはその裏側にあるお札を貼られた場所が、ポワッと眩《まばゆ》い光を放ちはじめた。驚いて振りかえる守の目の前で、その光はゆらゆらと触手のように伸び、窓を通り抜けて玲奈の身体に近づいてゆく。そして玲奈の背中に辿り着くと、光の触手は玲奈の身体に吸いこまれていった。

「いったい、なにが起こってるんだろう。でも、玲奈先生……すごく、綺麗だ……」

玲奈の身体には十二本の光の触手が繋がり、流れこむ光によって玲奈自身の身体もまた神々《こうごう》しく発光していた。玲奈は眩い光に全身を包みこまれながら、瞳を閉じてなにかを唱えつづけている。守は光り輝く玲奈の姿を、ただ呆然と見つめていた。

しかしふと、守は異変に気づく。光の中心で、玲奈がその柳眉をピクリと震わせたのだ。玲奈の表情がくもり、眉がしかめられる。そして玲奈の肉体に伸びる光の触手のうち一本が、ブクッと膨れあがり、グネグネとのたうちはじめた。

「……ん、くっ……くあぁっ……」

固く引き結ばれていた玲奈の唇が徐々に割り開かれ、苦悶の声がもれはじめる。二階の西校舎から伸びる光の触手は玲奈の腰のあたりに吸いこまれていたが、まるで全開にしたホースのように、勢いよくグネグネと暴れ狂っていた。

「ど、どうしたんだろう。玲奈先生、なんだか苦しそう。それに、あの場所って……まさかっ？」

ひときわ太い光の触手の出どころに視線を向け、守はハッとする。それは先ほど、守が指を怪我した黒板がある場所であった。

「んぐっ、くひぃっ……ひあぁぁぁっ!!」

突然静寂を切り裂いた甲高い悲鳴に、守はハッと振りかえる。目の前で、大蛇のようにのたくった光の触手が、暴れながら玲奈の身体に吸いこまれていった。他の十一本の光の触手も同様に玲奈の体内に吸いこまれていったが、優しく注ぎこまれるようなそれらと違い、太い一本は玲奈の肉体を内側から破壊せんとばかりに獰猛にたけり

狂っていた。眩い閃光の中心で、玲奈が全身をのけ反らせ、ビクビクと痙攣している。

「ふあぁっ、あひっ、くひあぁぁぁーーーっ!!」

そしてついにすべての光の触手が玲奈の体内に侵入し、玲奈は絶叫した。あまりの眩さに目を開けていられずに、守は思わず顔をそむける。

やがて、閃光が徐々に小さくなってゆく。再び玲奈の立っていた場所に守が目を向けると、玲奈はその場で力なくくず折れ、そして地面にバタッと倒れ伏した。

「れ、玲奈先生っ!?」

その瞬間、守は隠れていたことも忘れ、玲奈の元に駆けだしていた。中庭に出ると、あお向けに倒れて動かない玲奈を抱き起こし、その顔を覗きこむ。

「先生っ、玲奈せんせっ……っ!?」

腕のなかに抱きかかえた玲奈の顔を覗きこんだ瞬間、守は息を呑んだ。玲奈は大きく目を見開き瞳を裏返らせ、普段の聡明さの欠片も感じられないほどの大口を開け、大きく垂らした舌をヒクヒクと痙攣させていた。

そう。玲奈はあの夜ごとの淫夢と同じ、いや、それ以上に凄艶なアクメ顔を晒して、気を失っていたのだった。

「玲奈……先生……」

焦点の合わない瞳を揺らめかせている玲奈の顔を、守はただ、呆然と見つめていた。

あれだけの玲奈の絶叫にもかかわらず、中庭には誰もやって来なかった。学園内には今、本当に玲奈と守の二人だけしかいないようだ。

絶頂顔を晒したままの玲奈に、守は思わずゴクリと唾を飲みこむ。しかし守はブンブンと首を横に振り、とにかく玲奈を横になれる場所まで連れていこうと、玲奈を背負って歩きだした。

「とりあえず、保健室に……」

背中に押しつけられた玲奈の乳房のふにょっとした柔らかな感触と、手のなかにひろがる尻と腿のムッチリした心地よい感触。心臓が飛びだしそうなほどに早鐘を打ちだしたのを感じつつ、しかし守はただ前を見て、保健室へと向かった。

保健室までやってくると、都合のいいことに扉の鍵が開いていた。守は玲奈をベッドに寝かせると、ベッドの横のパイプ椅子に腰かけた。

改めて玲奈の顔を覗きこむと、先ほどの凄艶な絶頂顔はすでに影を潜めていた。しかし、きつめの印象を与えるツリ目はトロンと垂れさがり、いつも固く引き結ばれている唇はゆるゆるとしどけなく緩んでしまっている。初めて目の当たりにする玲奈の欲情に蕩けた表情に、守は胸をかきむしりたくなるほどの劣情に駆られた。

守は椅子から立ちあがると、備えつけの洗面所に頭を突っこみ、蛇口を捻って沸騰した頭に冷水をかける。ヒンヤリとした感触が、沸騰していた守の劣情を少しずつではあるが冷ましてゆく。守はそのまま首を捻り蛇口から流れでる水を直接ゴクゴクと飲み干すと、頭をあげて犬のようにブルブルと首を振り、水気とともに劣情を吹き飛ばした。

「……ん……うぅ……」

背後からか細い呻き声が聞こえて、守はパッと後ろを振り向く。そこでは、ベッドから半身を起こした玲奈が、右手で額を押さえて呆然としていた。

「……ここは……保健室？　私は、いったい……。君は……倉田くん？　どうして君が、学園内に……今日はもう、誰も入ってこれないはずなのに……」

いまだ混乱しつつも、事態を把握しようとしている玲奈。そんな玲奈の姿を見て、守は大きく安堵の息を吐き、その場にへなへなとへたりこんだ。

「よ……よかったぁ……」

守は恐れていたのだ。あの淫夢のように、玲奈が凄艶なアクメ顔を晒した後に、貪欲な淫婦へと豹変してしまったのではないかと。しかし、熱に浮かされたように頬を赤く火照《ほて》らせてはいるものの、玲奈のその漆黒の瞳にはいつもの理知的な光が確かに宿っている。

不思議そうに守を見つめている玲奈に、守はただ、安堵の笑顔を向けるのであった。

守はベッドの傍らに置かれたパイプ椅子に再び腰かけると、ベッドから上体を起こした玲奈に求められ、彼女が倒れてから保健室へ連れてくるまでの間の出来事を説明した。もちろん、倒れた際に絶頂顔を晒していたことは隠して、だが。

「……そう。倒れた私を、君が介抱してくれたのね。……ありがとう」

「は、はいっ……」

玲奈に礼を言われ、守は感激に顔を赤くする。しかしつづいて玲奈の唇から発せられた言葉に、赤くなった顔はあっという間に血の気が引いてしまう。

「ところで、君はどうして学園内にいたのかしら。校門は閉じられていたでしょう」

「えっ？　いや、あの……きょ、教科書を机のなかに忘れちゃって。教科書がないと予習ができないから、取りに来たんです」

「そう。勉強熱心なのはよいことだけれど、学園に忍びこむのは感心しないわね」

「す、すみませんでしたっ」

守は勢いよく頭をさげる。お叱りの言葉は受けたものの、玲奈はそれほど怒っている訳ではなさそうだ。日頃の行動の賜物《たまもの》といったところか。守はホッと胸を撫でおろす。

自分への質問が終わったところで、今度は守が、疑問をぶつけてみた。

「あの、玲奈、じゃなかった、式守先生。先生が学園内に貼ってまわっていたお札って、なんなんですか？　あの時、先生が中庭の大木の前でなにか呟いたら、お札の貼ってあった部分が光って。なんだか光る触手みたいなのが先生の身体に伸びていって、それで……」

守の質問を驚きの表情で聞いていた玲奈は、守の手を取るとギュッと握り、険しい顔をして首を横に振った。

「今日見たことは、すべて忘れなさい」

「えっ。でも、あの……」

「忘れなさい。いいわね」

玲奈に厳しい口調できっぱりと命じられ、守は口をつぐむ。玲奈はそれを肯定と見てとったか、話は終わりとばかりにベッドから立ちあがろうとした。

「あっ。先生、まだ立ちあがっちゃ……」

「大丈夫よ。心配ないわ。……あっ」

気丈な顔でベッドを出ようとした玲奈であったが、しかしその身体はいまだ絶頂の余韻に甘く痺れたままであった。玲奈はバランスを崩し、フラリと倒れこむ。守はあわてて、玲奈の上半身を腕に抱き留めた。その瞬間、

「きゃふぅっ」

「し、式守先生っ？」

玲奈は甘ったるい声をあげてしまう。男子生徒の胸に抱かれ、仄かな汗と男の体臭に包まれて、玲奈の肌がカアッと火照り、動悸が激しくなってゆく。

（な、なに？　私の身体、どうなってしまったの？）

初めての感覚に戸惑い、玲奈は硬直して動けなくなってしまう。そして守もまた、腕のなかに充満する大人の女性の甘い香りに、たまらなくなってしまった。気づけば守は、玲奈の背中に腕をまわしギュウウッと強くかき抱いていた。

「ひあぁんっ。く、倉田くん、なにをするのっ？」

「だ、だって先生、こうしないとまた無理しようとするからっ。ぼ、僕、先生が話してくれるまで、放しませんっ」

「バ、バカなことを言わないのっ。いい加減にしないと、怒るわよ、きゃはぁんっ」

玲奈をきつく抱きしめながら、守は自分自身の大胆な行動に内心驚いていた。そして、玲奈に叱られているというのに、守の体は玲奈を放すことを無意識に拒否していた。

それは、ここで手を放してしまえば、再び玲奈は無理をして、今度は自分の知らないところでまた危険な目に合うのではないか、という恐怖が主な原因ではあった。しかしそれだけではなく、一度味わってしまった憧れの女性の温もりを手放したくないという想いも心のどこかにあったことは否定できないだろう。

（ああっ……こんなにきつく抱きしめられては……。身体が、熱い……胸が、苦しくて……。ハッ。わ、私、なにを考えているの？）

守の胸に抱かれているうちに、玲奈の全身が甘く痺れ、頭のなかに桃色の靄《もや》がかかってゆく。このままこの少年の胸に顔を埋めてしまいたい、そんな甘美な誘惑を、玲奈は強く頭を振って振り払う。

「倉田くん、放して……。んっ、はぁ……放しなさい……」

「で、でも……」

湿り気を帯びた吐息混じりの懇願では、守の腕の拘束は緩まるどころか、きつくなるばかり。このままでは正常な意識が保てなくなる。そう直感した玲奈は、とうとう守の提案を受け入れた。

「わ、わかったわ。話すわ。話すから……この手を、放してちょうだい……」

顔をあげた玲奈が、潤んだ瞳で懇願する。守は、このまま抱きしめつづけたいという衝動をなんとか抑えこみ、玲奈の秘密を尋ねるべくゆっくりとその身体を解放した。

自由を手に入れた玲奈であったが、再びベッドから抜けだそうとはしなかった。変調をきたしている自身の身体では、守の手から逃れることができないとわかっているのだろう。それに、状況が変わったとはいえ、玲奈は一度口にした約束を簡単に違《たが》えるような人間ではなかった。

「……倉田くん。悪いのだけれど、お水を一杯持ってきてもらえるかしら。少し、心を落ち着かせたいの」

「あっ。は、はいっ」

守はあわてて立ちあがり、保健室の棚を漁ってカップを取りだすと水道水を汲む。そんな守の後ろ姿を見ていると、この少年は欲望のままに自分を抱きしめたのではなく、本当に自分の身を案じてくれているのだということが、玲奈の胸に伝わってくる。

玲奈はふと、その胸にこれまでの狂おしいような熱とは違う、仄かな温かさが灯ったような、そんな気がしていた。


自動販売機から冷たいドリンクを買ってきたほうがいいかと尋ねた守に、玲奈は首を横に振り、カップを呷《あお》り冷水で喉を潤す。火照った身体に、ヒンヤリとした感触が心地よい。守はクビリと音をたてて動く玲奈の白い喉をじっと見つめていた。

守はおずおずと玲奈の左手に手を伸ばし、キュッと握る。落ち着きを取り戻した玲奈が再びこの場を去ろうとするのを警戒しているのだろう。その手の温もりを感じていると、玲奈の胸に、守へ真実を話さねばならないという想いが強まってゆく。

（私は、いったいどうしてしまったのかしら。こんなことを彼に話しても、彼に余計

な心配をかけてしまうだけだというのに）

　そう考えつつも、気づけば玲奈の唇は開かれ、限られた人間しか知らない式守家とこの学園の本当の役割を、訥々《とつとつ》と語りはじめていた。

「この学園の中心に大木があるでしょう。あの木は、この地を守るご神木《しんぼく》。守り神なの。ご神木は、この地に漂う不浄な気を引き寄せ、浄化する力がある。そしてこの地の平穏を守るために、ご神木を見守りつづけるのが、私たち、式守の家の者の務め」

　玲奈の語りは、まるで伝奇小説のような、日常を逸脱した内容で。しかし他ならぬ玲奈の口から奏でられたそれらの言葉は、守の胸に疑念も抱かせずにスウッと染みこんでいった。もちろん淫夢のなかで聞いた『気』という言葉や、先ほど目の当たりにした不思議な光景も、その信憑性を増すのに大きく影響していた。

「私たちの一族は長年、ご神木を陰日向《かげひなた》に守りつづけていた。けれど時代の移ろいのなかで、この地域の開発のためにと、ご神木を切り倒すという話が浮上した。そこで先々代、私のお祖父様が、この地に学園を築きそのなかでご神木をお守りすることを決めた。一昨年までは母が学園とともにご神木をお守りしていたけれど、私が昨年からこの学園の教職についたことで、今は私がご神木をお守りする役目を受け継いでいるわ」

　自らの使命を語る玲奈の瞳は、まっすぐに前を見据えていた。その玲奈の瞳を、守は羨望の眼差しで見つめる。

「あの大きな木に、そんな秘密があったなんて……。けど、ご神木と式守先生の家の関係はわかりましたけど、あのお札と光の触手は、いったいなんなんですか。どうして式守先生はあの時、倒れちゃったんですか」

守の問いに、玲奈は一瞬答えるべきか逡巡する。しかし己の手を握る守の手にわずかに力がこもったのを感じ、ため息を一つ吐くと、再び口を開いた。

「ご神木はこの地の不浄を吸いあげてくれるわ。けれどここ数十年の間に、この地は穢《けが》れすぎてしまった。ご神木の霊力をもってしても、不浄な気を浄化しきれなくなりはじめていたの。このままでは、ご神木そのものも枯れてしまう。そこで式守家の女は、その浄化しきれない分の不浄をその身に取りこみ、浄化することにしたの」

「そ、そんなっ。じゃあ式守先生は、そんな危険なことをずっとしていたんですか？」

驚きと心配で、守の顔がしかめられる。玲奈は落ち着かせるように、空いていた右手を守の手の甲にそっと重ねた。

「心配はいらないわ。君も見たようだけど、ご神木を取り囲んで建てられた校舎に霊力のこもったお札を貼ることで、不浄の気はかなり中和される。後はわずかとなった気を私の体内に取りこんで、浄化するだけ。それほど難しくはないわ」

「で、でもあの時、式守先生は倒れて……あっ!?」

守はハッとする。不浄の気を中和するというお札。もしそのうちの一枚でも正常に効果を発揮しなければ、中和しきれなかった気が玲奈の身体のなかに流れこんでしまうのではないか。

「や、やっぱり、僕のせいなんだ……。ごめんなさいっ」

悲痛な顔をして突然大きく頭をさげた守に、玲奈は首を傾げる。

「いったいどうしたの、倉田くん」

「僕、式守先生が夜の校舎を歩いているのを見かけて、つい気になって追いかけてしまったんです。その時、先生が廊下の連絡用黒板の前で立ちどまってなにかしているのを見かけて、興味が湧いて、見つけたお札を触ったりしてて……。多分その時に、僕がお札の一枚を破っちゃったから、式守先生はあんなことに……。本当に、ごめんなさいっ」

なるほど守の言葉が確かならば、あの時玲奈の身にこれまで味わったことがないほどの大量の不浄の気が流れこんできたことにもうなずける。

玲奈は一つ小さく息を吐くと、首を横に振った。

「気にすることはないわ。君は知らなかったんだもの。君のせいじゃない」

「けど……僕のせいで、式守先生が……」

「いいの。むしろ君に怪我がなくて、なによりだったわ」

玲奈はそう言って守の手の甲を優しく撫で、淡い微笑みを浮かべた。自分の迂闊な行動で玲奈を苦しめた。それなのに、玲奈は笑って、守の身を案じてくれる。玲奈のさりげない優しさに、守は胸が熱くてたまらなくなる。

「ところで倉田くん。学園内にはどうやって入ったの」

「えっ。ええと……校門を乗り越えてです。ごめんなさいっ」

「校門を？　なんともないの？」

「は、はい。門に手をついた時、静電気でピリッとしたけど、後は別に……」

守の答えに、玲奈は顎に手を乗せて思案する。学園内に貼ったお札も、本来ならば一般人が触れたところで簡単に破れるようなものではないはずだ。守にはなにか、不思議な力が眠っているのかもしれない。そう思い至った玲奈であったが、その事実は胸にしまっておくことにした。

「それじゃ、話はこれでおしまいよ。帰りましょう」

「えっ。で、でも、式守先生、身体は……」

「もう心配ないわ。これまでも何度もこの身体で不浄の気を浄化してきた。先ほどは気の量が多すぎて意識を失ってしまったけれど、今はもう平気よ」

玲奈は守の手から自分の手を抜き取り、乱れたスーツの胸もとを正す。そして月明かりを頼りに、室内の壁かけ時計に目を凝らす。

「大変。もう十二時だわ。早く帰らないと、ご両親も心配されるわね」

「あ、ウチは今日は両親とも仕事で帰ってこられないので、心配ないです」

「そうなの。けど、だからといって学生が夜遅くまで出歩くものではないわ。さあ、行きましょう」

玲奈が立ちあがりかけたその時、守の背筋をゾクリと冷たい感触が走った。守は見てしまったのだ。月明かりに照らされた玲奈が一瞬、口もとを淫蕩に歪め、真っ赤な舌で唇をチロリと舐めまわしたのを。守はあわてて玲奈に尋ねる。

「し、式守先生っ。最後に、一つだけ教えてください。不浄の気って、なんなんですか。それが身体のなかに入ると、先生はどうなってしまうんですか？」

「気にしないで。大したことではないわ」

「式守先生、答えてくださいっ！」

前に身を乗りだした守に両手をギュッと握られ、玲奈は勢いに押されて思わず口を滑らせてしまう。

「なにって……淫気よ。女の身体を淫らに狂わせる、穢《けが》れた気。けれど女の身に取りこむには、それが一番効率がいいのよ。も、もちろん、心を静めることでそれは浄化することができるの。変な想像はしてはだめよ」

（私、なにを言っているの。高校生の男の子を相手に……）

　玲奈は、どうも今日は、自分が自分ではないように感じていた。式守家の秘密をもらしてしまったこともそうだし、学生相手にこのようなセクシャルな言動をするなど、普段の自分ならば考えられないことであった。

「淫気……淫らに狂わせる……。それって、やっぱり、玲奈先生がエッチに……」

「コラッ。ダメだと言ったでしょう。さあ、行くわよ」

　玲奈は赤くなった頬を隠すように守に背を向け、ベッドから立ちあがろうとする。

　その瞬間、守は弾かれたように玲奈の背中を後ろから抱きしめ、ベッドの上に玲奈をうつ伏せに押し倒していた。

「キャアッ。倉田くん、な、なにをするのっ」

「先生、行っちゃだめですっ。このままじゃ先生はっ」

　守の脳裏に、この一週間何度となく繰りかえされた悪夢が甦る。このまま玲奈を帰してしまえば、その心は確実に淫気に食いつくされ、玲奈は闇に堕ちる。守はなぜかそう確信していた。

「倉田くん、いい加減にしなさい！　確かに私を助けてくれたことには感謝しているわ。けれど、こんな学生にあるまじき行為をするなんて」

「ち、ちがっ。僕、そんなつもりじゃっ。ぼ、僕、式守先生をほうっておけないんですっ。このままじゃ先生はっ……」

「……心配してくれるのは嬉しいけれど、本当に私なら大丈夫だから。君も今日のことは忘れて、早く帰り、ァアアンッ」

突然自分の口から甘い声が飛びだし、玲奈は目を白黒させる。玲奈の上にのしかかる形になった守の、ズボンの下で膨らんだ股間が、タイトスカートの上から臀部に擦れたその瞬間。えもいわれぬ感覚が全身を走り抜け、気づけば甘い響きがもれていたのだ。

「ああっ。やっぱり式守先生、身体が疼いているんですねっ」

「な、なにを卑猥《ひわい》なことを言っているの。や、放し、ふぁぁんっ。こ、腰、おしりに押しつけないでぇっ」

守の体の下で玲奈は身を捩るも、布越しとはいえ敏感になった尻たぶに肉棒が擦れて、再び喘ぎ鳴いてしまう。玲奈は守の体から逃れたつもりであったが、実際には玲奈自らその豊かな尻肉を守の股間に擦りつけてしまっていた。

(やっぱり玲奈先生、おかしくなっちゃってる。このまま帰しちゃ駄目だ。そうしたら、あの夢みたいに、玲奈先生は……っ!)

淫らの権化《ごんげ》と化した玲奈の姿が脳裏に浮かび、守はそのおぞましい未来を振り払うように首を激しく横に振る。

「式守先生、聞いてくださいっ。このままじゃ、先生は本当に、おかしくなってしまうんです。だから僕に、先生の淫気を解消させてくださいっ」

「な、なにを言っているの⁉　倉田くん、しっかりしなさいっ。君はそんなことをする生徒じゃないはずよっ」

（いったいどうしてしまったの。あんなに勉強熱心で、真面目な倉田くんが……。くうっ、か、身体が変になりそう……。は、早くこの場を離れないと、私、このまま彼に流されて……。なにを考えているのっ。私は教師なのよ。毅然とした態度でっ……くあぁっ……身体が、あついぃっ……）

理性と肉欲の狭間《はざま》で、それでも玲奈は自らを律し、守の手から抜けでようと懸命にもがく。

玲奈の膝がジリジリとベッドの上を這い、その丸い尻が守の股間から徐々に遠ざかってゆく。

（だ、だめだっ。このままじゃ、玲奈先生が……っ）

「くうっ、うわあぁぁーっ！」

「キャアッ⁉」

守は渾身の力で玲奈の身体をあお向けにひっくりかえすと、玲奈の腰の上に馬乗りになった。そして両手で玲奈の両手首をがっしりと押さえつける。

「……倉田くん。君には失望したわ。君がこんな生徒だったなんて……」

その瞳に失望と悲しみ、そして信頼を裏切られた怒りを浮かべて、玲奈は下から守の顔をきつく睨みつけている。あの、ずっと憧れていた玲奈に、こんな顔を向けられてしまうだなんて。守は今すぐ胸をかきむしりたくなるほどの悲しみに襲われる。

それでも守は、心を鬼にして。玲奈に、無情な宣告をする。

「僕は、式守先生……玲奈先生を、帰しません。玲奈先生を、救いたいから。……だから、僕は今から、玲奈先生の身体のなかの淫気を、発散させます。玲奈先生と……セックスします」

「しょ、正気なの、倉田くん。同意のないセ、セックスは、レイプよ。犯罪なのよっ！」

「わかってますっ！　それでも僕は、どうしても、玲奈先生を救いたいからっ。だから僕は、玲奈先生に嫌われても、恨まれても……先生を、レイプするしかないんだっ！」

守は迷いを吹き飛ばすように大きく叫ぶと、上体を倒し玲奈の唇に唇を思いきり押しつけた。

「うむぅっ!?　んむっ、んむむぅ〜っ」

薄く瑞々しい唇をすべて覆いつくすように守の唇に塞がれ、玲奈は目を白黒させ、くぐもった呻き声をあげる。頭をガッチリとつかまれ、熱い吐息を吹きかけられると、暴力的に組み伏せられたという被虐感が、玲奈の肉体をカッと燃えあがらせる。

守は唇を重ねたまま、両手を玲奈の頭の後ろに、両足を玲奈の足の下にまわし、しなやかな玲奈の肉体を壊れそうなほどに強くかき抱く。そしてよりいっそう強く、熱く湿った唇を押しつけてきた。

「ふむっ、ふむむぅっ……んむっ、ふむむぅぅ～っ!!」

そして、これまで味わったことがないほどに激しく燃えあがった玲奈の肉体は、唇を重ね合わせるだけの接吻《せっぷん》で絶頂を迎えてしまった。

大きく見開かれた両目。その中心で、黒水晶のような瞳は頼りなくゆらゆらと揺れ、双眸からはじわりと涙が滲んでいた。

(生徒に組み伏せられ、キスを……初めてのキスを、奪われてしまった。……私は、教師失格だわ)

教師としてあるまじき行為、そしてその行為のなかで肉体を高ぶらせてしまった自分。絶望的な想いが全身を支配し、玲奈の肉体が弛緩してゆく。

玲奈の身体から力が抜けるのを感じ取り、守はゆっくりと唇を離し、顔をあげた。さぞ満足気な顔をしているのだろう、そう思って憎々しげに守の顔を見あげた玲奈は、一瞬目を疑った。玲奈の顔に、熱い滴が垂れ落ちる。

守は、泣いていた。まだあどけない顔をクシャクシャにし、両の瞳から大粒の涙をボロボロとこぼして。

「……どうして、泣いているの。君は私を、欲望のままにレイプしたかったのでしょう」

玲奈が尋ねると、守はブンブンと首を横に振る。振り払われた涙の粒が、キラキラと宙を舞う。

「ちがう、ヒクッ、ちがうんですっ。僕は、ずっと玲奈先生に憧れていて……だから、玲奈先生にこんなひどいことなんて、したくなかったっ。でも、こうしないと、玲奈先生がおかしくなっちゃうからっ！　だから僕は……玲奈先生に嫌われてもいいから、玲奈先生を……うぐっ……救い、たくて……ううっ、うあぁぁっ」

玲奈の身体にしがみつき、わんわんと泣きだしたその姿は、凌辱者のそれではなく、まだ幼き少年のもので。玲奈は呆然としながらも、両手を伸ばし、守をそっと優しく抱きしめる。

「……ごめんなさい。もっと、君の話をきちんと聞くべきだったわ。聞かせてくれるかしら。どうして君が、こんなことをしたのか。そして、君がなにを恐れているのかを……」

「う、うう……は、はい……」

玲奈に優しく抱きしめられ、守はすすりあげながら、コクンとうなずく。そして、玲奈が優しく誠実な教師のままでいてくれたことに、心の底から安堵するのであった。

Lesson2 初体験からアヘ顔で！

「……そう。そんな夢を……。それでここのところ、授業にも集中できていない様子だったのね」

「は、はい。……すみません」

守は顔を赤くしながら、ここのところ見つづけている淫夢の内容を玲奈に話した。憧れの女性に、本人が登場する淫ら極まりない夢を見ていると伝えることはとても恥ずかしく、そして心苦しい。

「謝ることはないわ。夢の内容なんて、本人の意思では選べないもの。それに……」

(やっぱり、この少年はなにか、不思議な力を持っているのかもしれないわね)

結界やお札を破ったこと。そしてこの予知夢。玲奈の頭のなかで、守の不可解な行動の理由が明確になってゆく。守が嘘をついているという可能性は、先ほどの涙を見れば、ないに等しいように思えた。

叱られるのを覚悟で淫夢の内容を明かした守であったが、玲奈に怒った様子がないのを見て、ホッと胸を撫でおろす。

「それで、夢のなかの私は、君に体内の淫気を浄化するための協力を申し出たわけね。もし君の協力を得られなければ、私は淫気に心を内から食いつくされてしまうと」

「は、はい。僕は何度も夢のなかで、式守先生に助けを求められていたのに、先生にエッチなことをするなんて、どうしてもできなくて……。でも、僕が迷っているうちに、先生はまるで別人に変身してしまうんです。僕はいつも、それを後悔して……。だから僕はもう、絶対に後悔したくないんです。これは夢じゃない、現実だから。現実のなかで、式守先生が変わってしまったら、もう、後悔しても遅いから……」

守は真摯《しんし》に、玲奈の瞳を見つめている。その瞳に秘められた悲痛な決意に、玲奈の胸が締めつけられる。

「これまでも私は、何度も体内に取りこんだ淫気を浄化してきたわ。確かに今日身体に流れこんできた淫気の量はこれまでにないものだし、身体は今も妙に火照って、敏感になってしまっている。でも私は、今回も自分の力だけで浄化できる自信があるわ。……けど、倉田くんは、それを信じてはくれないのね」

「僕だって、式守先生を信じたいです。でも、もしものことを考えると……。やっぱり僕は、たとえ先生に嫌われても、……犯罪者になったって、先生をこのまま帰すわけにはいきません」

絶対の決意を持って、きっぱりと断言する守。教え子にここまで思われていたことに、玲奈は胸が熱くなる。と同時に、自らの不甲斐《ふがい》なさから教え子にいらぬ心労を抱えさせてしまっている自分が情けなくなる玲奈であった。

「……わかったわ。君の気のすむようにしなさい」

玲奈は小さくため息を吐くと、守にうなずいて見せた。

「えっ。それじゃ……」

「ええ。私は同意した。だからもう、これはレイプじゃない、和姦よ。もう君は気に病《や》まなくていい」

玲奈は強張っていた身体から力を抜き、ベッドの上で全身を弛緩させた。

「ごめんなさい。君をこんなことに巻きこんでしまって。それに、君にも好きな女子生徒がいるでしょう。私とこんなことになってしまうなんて、申し訳ないわ」

「そ、そんなっ。そんな子、いないです。だって、僕が好きなのは、式守先生なんだ……あ、あわわっ」

誤解を解こうと思わず本音を口から滑らせてしまい、守はあわてて口を両手で押さえた。予想外の告白に、玲奈の顔もポンッと赤くなる。

「な、なにを言っているの。わ、私は教師なのよ」

「そ、それはわかってますけど……。でも僕、ずっと先生に憧れてて……あの、その……うう……」

守もまた赤い顔をして、ゴニョゴニョと言葉尻を濁しつつも心の内を晒した。教師として憧れを抱かれているとばかり思っていた玲奈は、突然の告白にすっかり面食らってしまう。

「い、今はその話はいいわ。そ、それより、早くしなさい。後は君に任せるから」

「は、はいっ」

玲奈は話を打ちきり、赤くなった顔をそむけた。不意を突かれた告白に、心臓はまだドキドキと高鳴っている。それは淫靡な身体の疼きとはまた違う、むずがゆいような感覚であった。

「それじゃ、先生。もう一度、キスさせてください」

「キ、キス？　キスを、するの？」

荒々しく裸に剥かれ貫かれるものとばかり思っていた玲奈は、守の申し出に困惑する。守は玲奈の火照った頬に手を添え、玲奈を正面に向き直させ、その瞳を覗きこんでくる。

「はい。やっぱりその、セ、セックスは、キスからだから。それに、僕のファーストキス、あんなだったから、もう一度ちゃんと……」

「わ、私も、あれがファーストキスだったわ」

玲奈の呟きに、守は目を丸くする。

「ええっ？　式守先生も、あれが、ファーストキス……？」

「な、何度も言わせないで。恥ずかしいでしょう……」

玲奈は視線をはずし、頬を少し膨らませる。自分が、玲奈の初めてのキスの相手。

守の胸が、感動と喜びで膨らんでゆく。

「そ、それじゃ、もしかしてセックスも、初めて……」

「い、言うんじゃありませんっ。君は頭のいい子なんだから、いちいち口にしなくてもわかるでしょう」

とうとう玲奈は羞恥のあまりリンゴのように真っ赤になった顔を両手で覆い隠してしまった。ファーストキスだけでなく、玲奈の初めての男になる。この上ない幸せに、守の胸は感動ではちきれそうで、呼吸するのさえやっとの状態であった。

「せ、先生っ。ぼ、僕も初めてで、あまりよくわからないですけど、でも、できるだけ優しくしますからっ。だから一緒に、気持ちよくなりましょうっ」

「も、もうっ。なにを言っているの、君はっ。いいから早く、すませてちょうだいっ」

玲奈は両手で顔を覆ったまま、耐え難い羞恥に首をブンブンと横に振っていた。本当に恥ずかしそうなこの様子を見ていると、あれだけ大人の女性に見えた玲奈が、まるで同年代の少女のように思えてきて、守は嬉しくなってしまう。

「先生。一つ、お願いがあるんですけど……いいですか?」

守は玲奈の手首をつかみ、美貌の前に張られたバリケードをゆっくりと撤去して、再び瞳を覗きこむ。

「な、なにかしら……?」

「今だけ、僕と恋人同士になってもらえませんか」

「な、なにを言うのっ!? わ、私は教師なのよ。教師なのに……」

「もちろんわかってます。でも、初めては……たとえ嘘でも、恋人同士がいいなって思って……」

女子ほどではないにしろ、男子にとっても、やはり初体験は特別なものだろう。ならば、守の気持ちが少しでも楽になるのなら。そう考えた玲奈は、仕方なくコクリとうなずいた。

「わかったわ。私たちは今、恋人同士よ。……でも、今日だけよ。明日になったら、私たちは教師と生徒に戻るの。いいわね」

「は、はいっ。それじゃ……今日だけ、玲奈先生って呼ばせてもらってもいいですか」

守は嬉しそうにうなずくと、おずおずとそう尋ねてきた。気さくな生徒のなかには名前で呼ぶ生徒もいるというのに、わざわざ確認するあたりが守らしい。

「ええ。かまわないわ」

「や、やったっ。……それであの、できれば僕のことも、名前で呼んでもらえたらなあって……」

一つだけだったはずのお願いに、次々に付帯条件がついてくる。しかし、玲奈には守の気持ちもうっすらとではあるがわかっていた。玲奈は差別なく、すべての生徒を名字で呼んでいる。形だけでも恋人同士となった証として、守は自分だけを、名前で呼んでほしいのだろう。

「わかったわ。守、くん。これで、いいかしら」

「は、はいっ」

守は本当に嬉しそうに、ニッコリと微笑んだ。教師として向き合っていた時には見ることがなかった心の底からの笑顔に、玲奈の胸の奥がキュンと甘く疼いた。

「じゃあ、玲奈先生。キ、キス、しますね……」

「え、ええ……」

ゆっくりと近づいてくる守の唇。玲奈はそっと瞳を閉じた。

ふにゅりと、柔らかな感触が守の唇にひろがる。玲奈の唇は厚みはさほどでもないが、小さく整った品のある形をしている。そして瑞々しい唇は、プニプニと心地よい弾力で守の唇を押しかえしてきた。

先ほどの勢い任せのキスとは違い、守は玲奈の唇の感触を確かめるように、唇を押しつけては、じっとその温もりを味わうという行為を繰りかえした。

（キス……私、今、生徒とキスをしている……。どうしてこんなことになってしまったのかしら……）

唇がじんわりと痺れてゆくのを感じながら、玲奈はぼんやりとした頭でそんなことを考えていた。

学生時代は式守の家の宿命を継ぐべく、教師になることのみを目指していた。しかし宿命のためとはいえ、玲奈は教師の仕事をおろそかにするつもりはなく、立派な教師となるべく学業に励んだ。そして、学業とともに心身を磨くべく、水泳にも打ちこんだ。

大学を卒業しこの式守学園に赴任してからは、ご神木をお守りすることはもちろん、学生たちに勉学を教えることに喜びを感じていた。そのようにただ前を見てまっすぐに歩んできたから、恋愛にはあまり興味を抱かなかった。

理事長を務める母は、玲奈によく見合い話を持ってくる。今は興味が湧かないと断ってはいるものの、いずれは式守の血を残すために、見合い結婚をするのだろうと漠然と考えていた。

そんな自分が今、あろうことか学生とキスをしている。その学生は、それが自分を救うためだと信じていた。そして彼は、自分を好きだと告白した。

（これは……夢？　倉田くん……守くんと同じように、私も淫らな夢を見ているのかしら……）

唇から伝わる温もりに酔いしれて、玲奈はぼんやりとそんなことを考えていた。しかしそんな靄のかかった玲奈の頭を、初めて味わう感触が現実に引き戻す。

（な、なに？　ヌメヌメした熱いのが、唇を撫でまわしている……）

玲奈が視線をおろすと、守が舌を伸ばし、玲奈の唇をベロッベロッと舐めあげていた。

「玲奈先生の唇……ベロッ……柔らかくて、気持ちいいです……レロォ〜ッ」

ネットリと執拗に舐めまわされて、玲奈の唇がカァッと熱を帯び、激しく疼きはじめた。守は玲奈の唇を唾液でネトネトにコーティングすると、今度は舌先を尖らせ、玲奈の唇の合わせ目にヌプヌプと差しこみはじめた。

「んむっ、んぷぅっ……こ、こんなキス、ぷあぁっ……」

（ヒアァッ。守くんの舌が、私の唇をこじ開けてくる。私の唇が、守くんの舌に……犯されているぅ……）

性知識の薄い玲奈には、唇を割り裂いて侵入してくる守の舌が、自分を征服しようとする男の象徴のように思えていた。玲奈はなんとか侵入をとめようと、唇を思いきり閉じ合わせる。しかし実際には、意識とは裏腹にすでに受け入れ態勢の整っている肉体は、守の舌を歓迎するようにムニムニと柔らかく揉みほぐすだけだった。

「玲奈先生、その唇のムニムニ、気持ちいいです」

(ああっ。ちがうの。ちがうのよっ)

玲奈の歓迎の意と勘違いした守は、そのまま舌を押し進め、ヌプッと玲奈の唇を割り裂いた。そして守の舌は再び上下運動を開始し、玲奈の歯の表面をレロレロと舐めあげはじめた。

「んぷぷっ、ふむっ、ふむむぅん～っ」

(くひぅっ、歯を、歯を舐められるだなんてっ。ネトネトが、私の歯の上を、ズリズリと行ったり来たりしているっ)

想像したこともなかった行為と初めての感触に、玲奈はピクピクと肢体を震わせる。しかし不思議なことに、肉体はこれを心地よい行為だと認めているようで、抗うどころか玲奈の引き結ばれていた唇はゆるゆると緩みはじめていた。

とうとう玲奈の閉じ合わされていた歯に隙間が生まれてしまう。守の舌は素早くそれに感づき、歯の隙間を潜り抜けて、玲奈の口内のさらに奥深くまで侵入する。そして奥で未知の恐怖に縮こまっていた玲奈の舌を発見すると、レロンッと大きく舐めあげた。

「ふむぅぅ～～っ!?」

その瞬間、玲奈の瞼《まぶた》の裏でチカッと火花が散る。玲奈は初めてのベロキスで、絶頂を迎えてしまった。腰がガクガクと震え、玲奈はキュッと守の体にしがみつく。

ツリ目がちの目尻がさがり焦点の合わぬ瞳を彷徨《さまよ》わせている玲奈を見て、守は玲奈が絶頂を迎えたのだと直感的に確信する。守がゆっくりと舌を引き抜いても、玲奈の唇はしどけなく開かれたままであった。

「玲奈先生。キス、気持ちよかったですか」

「ああ……わからない。わからないわ……」

味わったことのない感触に、玲奈は困惑した頭で、そう答えるしかなかった。

「僕、先生の唇の感触、すごく気持ちよかったです。歯もツルツルしてて、唾液はほんのり甘くて……」

「だ、唾液が甘いだなんて。そんなこと、あるはずがないわ。錯覚よ……」

理解の範疇《はんちゅう》を超える行為に、玲奈はただ恐れおののいて、否定しようとする。

「錯覚でもいいです。もっと玲奈先生の口のなかを、僕に味わわせてください」

再び守は唇を重ねると、今度は舌を大きく垂らし、開いてしまった玲奈の口内をレロレロと縦横無尽に舐めまわしはじめた。

「ひゃむぅっ!?　んちゅぱっ、ま、守くん、こんにゃ、こんなのらめよっ。キ、キスはもういい、んひっ、いいから、は、早く次に、ヒアァァンッ」

「ダメですっ。ブチュッ、チュチュゥッ。キスや前戯をいっぱいしないと、本当に気持ちよくはなれないって、本で読んだんですっ。だからもっともっといっぱいキスをして、玲奈先生に思いっきり気持ちよくなってもらわなくちゃいけないんですっ。べロべロッ、レロォッ、ネチュネチュネチュッ」

「んぷあぁっ、はぷちゅっ、だめっ、らめぇ〜んっ」

守に口内粘膜を舐《ねぶ》りまわされ、玲奈は惑乱し、肢体をピクピクと打ち震わせて何度も絶頂を迎えてしまう。

守は、並みの絶頂では玲奈の体内の淫気は浄化できないものと思いこんでいた。それゆえに、持てる知識を総動員し、できる限りを尽くして、玲奈を救うのだと心に決めていた。幸い、玲奈の肉体は淫気に侵されていることもあり反応は抜群であった。自分の行為は必ず玲奈を救うことに繋がる、そう信じているからこそ、守の行為に迷いはなかった。

「ま、守くん、ふむむっ。君が、そんな破廉恥な本を読んでいるだなんてっ。君はまだ、そんなものを見てはいけないはずよっ。ぷあぁんっ」

「ご、ごめんなさい玲奈先生っ。でも、こうして玲奈先生を助ける役に立って、よかったです。レロネチョッ、ズリュズリュッ」

「ふひぃぃっ、よ、よくないわ、はへぇぇ～っ」

内頬をベロベロと舐められ上顎をゾリゾリとねぶられて、玲奈の指導は悦楽により引きだされた淫声に呑みこまれてしまう。

「玲奈先生っ。玲奈せんせえっ！　ブチュゥッ。ジュバチュパッ、ブチュルル～～ッ!!」

「ふむひゅむぅっ!?　んむっ、ふむむっ、んむむむーっ！」

守は大口を開けて玲奈の唇を丸ごと咥えるようにかぶりつくと、唇が腫れあがるのではないかというほどに思いきり吸引する。そして舌を玲奈の口内にねじこみ、荒々しい接吻の前に硬直してしまった玲奈の舌を、四方八方からベチョベチョとねぶりまわした。

「んむっ、んむぅっ、んむむうぅ～～んっ!!」

苛烈すぎるディープキスの前に、玲奈の腰がビクンと跳ねあがる。そして玲奈はさらに深い絶頂を迎え、タイトスカートの下で、秘肉を震わせブシュブシュと淫汁を撒き散らした。パンティとパンストがしとどに濡れそぼち、深い黒へと変色してゆく。

「チュルッ、ジュルルッ……ぷはっ」

口内の唾液を残らず吸いあげ、守はようやく唇を離した。チュポンッという卑猥な音とともに、玲奈の口はようやく解放される。

「んはっ……ハァ～ッ、ハァ～ッ……」

玲奈は呆然と、焦点の定まらぬ瞳を天井に向けている。小鼻はヒクヒクと震え、すっかり締まりのなくなった唇からは、端からタラタラと唾液が垂れこぼれていた。

「玲奈先生のアへ顔、かわいいです……」

慈しむような瞳で玲奈を見つめる守。耳慣れない言葉に、玲奈は荒い息を吐きながらもその意味を尋ねる。

「ハァ、ハァ……アへ、顔？　それは、なに……？」

「アへ顔っていうのは、女の人の一番気持ちよくなっている顔のことで……。人によっては、ちょっと怖かったりもするけど、でも……玲奈先生のアへ顔は、とてもかわいくて……すごく、興奮しちゃいます」

美が崩壊する、極限の状態まで快感に追いつめられた顔。憧れの女教師は、そんな状態でも、極限の美を彩り。そしてまた、その危うい魅力に、守はたまらない興奮を覚えていた。

「アへ、顔……い、イヤ……。そんなはしたない顔、見てはダメよ……」

玲奈は恥ずかしそうに、締まりのなくなった顔を手で隠そうとする。しかし守は玲りと視姦した。

奈の両手首をそれぞれつかんでベッドに押しつけ、玲奈のアヘ顔を至近距離でたっぷ

「アァ……み、見ないで……」

羞恥に駆られた玲奈が、肢体をクネクネとよじらせる。たまらなくなった守は、玲奈をギュウッと抱きしめた。

「玲奈先生。今度は、胸を、見せてもらってもいいですか？」

「は、恥ずかしいわ……。でも、そうしないと、終わらないのよね……」

激しい絶頂の波は引き、玲奈のアヘ顔も徐々に元の聡明な顔立ちへと戻ってゆく。

しかしこの後、何度もまた守にアヘ顔を見られてしまうのだろう。それを思うと、玲奈の頭のなかは羞恥で茹《ゆ》であがり、クラクラしてしまう。そして悦楽を覚えてしまった唇は、はしたなくも唾液を一筋、垂れこぼすのであった。

「玲奈先生。ぬ、脱がしますね」

「え、ええ……」

そう呟いて顔をそむけた玲奈の、その反応を肯定と受け取った守は玲奈のスーツに手を伸ばす。そしてジャケットのボタンを、ゆっくりとはずした。黒のジャケットをはだけると、ブラウスの白が目の前にひろがる。

快楽に弛緩し起きあがることができない玲奈から、なんとかジャケットを脱がせると、今度はブラウスのボタンに指をかける。

「皺になっちゃうわね……」

ベッドの傍らに丸めて置かれたジャケットを見て、玲奈がぼんやりと呟く。

「あ、ご、ごめんなさい。ちゃんと畳みますっ」

「いえ、いいのよ。家に戻れば替えのスーツはいくつかあるもの」

あれほどの官能的なキスで玲奈を狂わせた少年が、玲奈の何気ない呟きにあたふたしている。そんな守の様子がおかしくて、玲奈はクスリと笑みをこぼした。

守は震える指で、ブラウスのボタンをはずしてゆく。しかしジャケットに比べてボタンが小さく、なかなかうまくいかない。必死になってボタンと格闘する守に、玲奈は守の手に手を重ね、優しく導いていった。

上から順にボタンをはずしてゆき、乳房の谷間に到達したところで、守はその目に飛びこんできた光景を見て、目を丸くした。

「く、黒っ!?」

ブラウスの隙間からのぞいた玲奈のブラジャーの色は、なんと黒だったのだ。普段の玲奈の印象から白だとばかり思いこんでいた守には、衝撃の事実であった。

「か、勘違いしないで。私は黒が好きなのよ。身が引き締まる気がするから……」

守のあまりの驚きように、玲奈は照れ臭そうに呟き、顔をそむけた。生真面目な女教師の肢体を包む、アダルトな黒の下着。守はゴクリと唾を飲みこむと、ブラウスの隙間から両手を差しこみ、玲奈の乳房をムニュッとわしづかみにした。

「んひぁっ！　ま、守くん、そんなに強くしては、ンアァンッ」

「玲奈先生のおっぱい、こんなに柔らかいなんてっ。ムニムニッって、指が簡単に沈んでいく。こんなに気持ちいい感触、生まれて初めてですっ」

「あぁっ。おっぱいだなんて言っちゃ、ふあぁんっ。そんなに揉み潰さないでぇっ」

玲奈の水着姿を見た時から、守は漠然と芯のある弾力に飛んだ感触を想像していた。それが、まるでプリンをわしづかみしたような、これほどまでに柔らかな感触だったとは。誰の手に触れられずとも、玲奈の肉体は時とともにしっかりと熟し、食べ頃となっていたのだ。守は感動に打ち震え、玲奈の乳房を思うままに揉みしだく。

「ハアァッ。そんなにされたらっ、胸が、熱くて、とろけてしま、うぅんっ」

（熱いっ、胸が熱いわっ。胸って、こんなに気持ちのいいものだったの。守くんが乳房のなかまで揉み潰すたび、全身に気持ちよさが弾け飛ぶっ。アァッ、腰が蕩けるっ。舌が、ヒクヒク震えてしまうぅっ）

守にこってりと胸を揉みしだかれ、玲奈は黒髪を振り乱して身悶えた。そして自分では気づかぬうちに、もっと揉みこんでほしいと訴えかけるように、玲奈はグイと胸をせりだしてしまう。守は一心不乱に玲奈の乳房を揉みしだき、玲奈は何度も悦楽に喘ぎ泣いた。

数分にわたり玲奈の乳房を攻め抜いた守は、一つ息を吐くと、ブラウスの残りのボタンをはずしてゆく。ブラウスをはだけると、次は完全に露わになった黒のブラジャーをはずそうとしたが、しかしホックがなかなかはずれない。焦れた守は、そのままブラジャーをグイと上に押しあげた。反動で、玲奈の乳房がプルンッとまろび出る。

「ひぅんっ。ら、乱暴にしないで」

乳房が露出する瞬間に、ずりあげられたブラジャーに屹立した乳首を擦られ、走り抜けた鋭い刺激に玲奈は甲高い喘ぎをもらした。

「玲奈先生の、おっぱい……」

守はじっと、露わになった玲奈の二つの膨らみを見つめる。あれほどの柔らかさを誇るというのに、ブラジャーから解放されても、上向いた小山はいささかも形を崩さない。抜けるような白い山肌に、しっとりと紅に色づいた山頂部。そしてその頂には、絶妙のバランスを保った大きさで、赤い果実が実っていた。

守はゴクリと唾を飲みこむと、玲奈の乳首をそっと摘む。その瞬間、玲奈の肢体がビクビクンッと大きく震えた。

「ひぅぅぅっ！　ち、乳首ダメェッ」

走り抜けた大きすぎる悦楽の電撃に、玲奈はたまらず悲鳴をあげる。守は玲奈の反応が嬉しくて、指でクリクリと玲奈の乳首をくじりまわしはじめる。

「玲奈先生、乳首、気持ちいいんですね。もっといっぱい、気持ちよくなってくださいっ」

守はもう片方の乳首にも手を伸ばし、両手で玲奈の乳首をそれぞれいじりまわした。玲奈はおとがいを反らし、ガクガクと肢体を揺する。

「だ、ダメ、ダメなのっ。そんなにいじらないでっ。私、おかしく、おかしくなってしまうわっ。くあっ、ハヒッ、んくひぃぃ～っ」

強烈すぎる快感に、玲奈は背筋をのけ反らせビクビクと跳ね踊る。玲奈の乳房がブルブルと心地よさそうに波打つ。悩ましすぎる玲奈の痴態に、さらに愛撫にのめりこんだ守は、興奮のままにキュウッと乳首を捻りあげた。

「ンヒアァァーーッ!?」

その瞬間、玲奈の全身を電流のような快感がビリビリッと暴れ狂いながら走り抜ける。淫気により通常の何倍も敏感になってしまった玲奈の肉体は、乳首への乱暴な愛撫だけで、再び激しい絶頂を迎えてしまった。再び秘裂から飛び散った淫汁で、タイトスカートのなかでは股間はおろか太腿までベットリと濡れそぼち、黒いパンストがペッタリと貼りついてしまっていた。

「玲奈先生、乳首でイッちゃったんですね……」

「イ、ク……？　私……」

「一番気持ちよくなることを、イクって言うんです。玲奈先生は、乳首をいじられてイッちゃったんです。その証拠に、ほら。またアヘ顔になっちゃってる」

いつもは教わる一方である聡明な女教師に物を教えるという逆転した状態を楽しみながら、守は玲奈の額にかかった髪をそっとかきあげる。玲奈の瞳は再びふわふわと虚空を彷徨い、しどけなく開いた口からは、テロンと舌がのぞいていた。

「イク……私、乳首を触られただけで、そんな状態に……。いや、恥ずかしい……」

取りこんだ淫気のせいとはいえ、自分に憧れの視線を向けてくれる少年の前でそのような痴態を晒してしまい、玲奈は頬を朱に染める。しかし守はそんな玲奈の様子を嬉しそうに見つめ、首を横に振る。

「恥ずかしがらないでください、玲奈先生。僕、先生が気持ちよくなってくれて、嬉しいんですから。……だから、もっともっと気持ちよくなってください。僕は必ず、先生を救ってみせますから」

守はそう宣言すると、大きく口を開け、玲奈の乳房をカプッと咥えこんだ。

「ヒイィッ。な、なにをするの、ふあぁんっ。胸を食べちゃだめ、しゃぶっちゃだめよぉっ」

「玲奈先生のオッパイ、柔らかくてふわふわで最高です。口のなかが蕩けちゃいそうですっ。はぷはぷっ。先生は、オッパイ気持ちいいですかっ？」

「んあぁっ、き、気持ちいいっ。胸っ、オッパイッ、気持ちいいのぉっ」

守の口内で右の乳房を揉み潰され、同時に左の乳房を揉みしだかれ乳首を扱きあげられて、玲奈は許容を超えた快感の前にただガクガクと首を縦に振り、守の問いに答える。

「カプッ。チュウゥ～ッ。玲奈先生の乳首、ますますピンピンになってきてますよ。顔もどんどん蕩けて、アヘ顔がかわいすぎてたまらないですっ」

「んくうぅっ、オッパイ嚙んじゃダメッ、きゃうっ、乳首コリコリしちゃダメなのぉっ。ンアァッ、もう、しないでっ。私をアヘ顔にしないでぇ～っ」

やすりをかけるように乳首を歯で甘く擦られて、強すぎる刺激に玲奈は切なげに喘ぎ泣く。緩みきった唇からなんとか言葉を紡ぎだし懇願する玲奈だが、しかし守の攻めはますます激しくなってゆく。

「ジュパッ、チュチュッ。玲奈先生、もっと、もっとイッてくださいっ。ベロベロッ、レロォッ。アヘ顔でたくさんイッてくださいっ」

「アアッ、ダメッ。オッパイッ、オッパイが気持ちよすぎるのっ。ああっ、くるっ。また、イクがくるのっ。んあぁっ、ンハアァァッ！　イクッ、オッパイイクッ、イクウゥゥーッ！」

やすりがけされ敏感になりすぎた乳首を守のぬめった舌で余すところなく舐りまわされ、玲奈は覚えたばかりの絶頂を意味する単語を連呼しながら、アクメに乳房を波打たせた。

守はトロトロに蕩けた玲奈のアヘ顔を嬉しそうに見つめ、そして休む間もなく再び乳房への愛撫に没頭する。

絶頂の波が引ききる前に何度も快楽を上塗りされ、玲奈はイクイクとはしたなく連呼しながら、聡明な美貌を崩しきり己の肉体から快楽のすべてを搾りだすように、喘ぎ鳴きつづけるのであった。

玲奈は弛緩した肉体をベッドの上にしどけなく投げだして、荒い息を吐いていた。いったい何度、絶頂を迎えただろうか。視界はぼんやりと滲み、口もとは開きっぱなし。その理知的な美貌は、数えきれぬ絶頂の前に、愉悦で緩んだままになっていた。しかし、これはまだ序の口だった。守の攻めはまだ、下半身にすら辿り着いていないのだ。

（私……いったい、どうなってしまうの……？）

顔はそのままに視線だけをさげて、玲奈は恐る恐る守の様子をうかがう。守はようやく玲奈の乳房に対して一定の満足を得たようで、その目は次の狙い、すなわち玲奈のもっとも恥ずかしく、そして敏感な部分を見つめていた。

内腿を閉じ合わせてタイトスカートのなかを隠そうとした玲奈だが、その美脚もまた絶頂のたびにピクピクと痙攣を繰りかえしたことで甘く痺れており、力が入らずうまく閉じ合わせることができなかった。

「玲奈先生。アソコ、見せてください……」

「アァ……ダメ、ダメよ……」

力なく否定するも、守の欲望をとどめるには至らず。守は玲奈の太腿の内側に手をまわし、ググッと押し開く。そして守は、がに股に開かれた太腿の付け根、玲奈の股間を覗きこむべく、スカートのなかに顔を埋めた。

「キャアッ。ま、守くん、なにをしているのっ」

「ああ……先生のスカートのなか、先生の匂いが充満してる。大人っぽくて、濃厚で、頭がクラクラしてくる……」

「い、いやっ。そんなところの匂い、嗅がないでっ」

何度も絶頂し淫蜜をしぶかせたため、玲奈のスカートのなかは濃密な匂いがムンと充満していた。月明かりだけが頼りの室内だけに、スカートのなかは暗闇同然であったが、守は玲奈の漂わせる大人の濃密な香りに、目を閉じてしばし酔いしれていた。

たっぷりと玲奈の秘所の香りを堪能すると、守はスカートから頭を出す。羞恥に顔を真っ赤に染めた玲奈の前で、大人の淫臭に酔いしれ赤ら顔をした守は、玲奈のタイトスカートを脱がせずにズリズリと捲りあげていった。

「アァァ……」

玲奈が思わず絶望的な声をもらす。スカートは完全に捲りあげられ、パンティとストッキングのみに隠された玲奈の股間が、とうとう月光の元に晒されてしまった。

守はそっと玲奈の股間に触れてみる。ピクンと玲奈の身体が反応し、じんわりと温かな感触が守の指先に伝わってゆく。

「濡れてる……。玲奈先生、本当に気持ちよくなってくれてたんだ……」

「いやぁ。そんなこと、言わないで……」

自分の愛撫が玲奈に絶頂をもたらした。その証拠を目の当たりにし、守は感慨深げに呟く。反対に、その恥ずかしい事実を知られ、玲奈は顔を手で覆った。

「玲奈先生の、オマ×コ……はぷっ」

「ンヒイィンッ!?」

守は染みでた蜜の匂いに誘われるように、玲奈の股間に顔を近づける。そして大きく口を開け、パンストの上から玲奈の股間にむしゃぶりついた。

「ああ、玲奈先生のオマ×コ……ジュパッ、ジュジュウッ……」

「ンアァッ、オ、オマ×コだなんて、そんな言葉を口にしてはダメ、ヒアァンッ。アァ、イヤッ。そんなにジュパジュパ、吸い立てないでぇっ。アソコが、アソコがおかしくなるぅっ」

沸きあがる悦楽に、玲奈は腰を浮かせて身悶える。大人びたパンティも、厚手のストッキングも、守の舌愛撫を遮る効果は果たせなかった。守は玲奈の恥丘を口いっぱいに含んでモミュモミュと揉み立て、舌でベロベロとセンターシームを舐めあげる。外側からは守の唾液が塗りこめられ、内側からは秘裂から溢れでた愛液が染みでて、玲奈のストッキングもパンティもグチュグチュと濡れそぼってゆく。貞淑な女教師の股間を守る漆黒の布地は、いつしか卑猥な装飾へと変貌していた。

「アァッ、アヒッ！　ンアァッ、イ、イクッ。アソコで、イクゥ～ッ！」

何度も布地越しに秘部を撫でられ揉みこまれ、玲奈は再び絶頂を迎えてしまう。唇の外へ迷いでたぬめる赤い舌が、ヒクヒクと切なげに痙攣した。

「ベロベロッ、ジュジュチュゥ～……ぷあっ。先生、オマ×コでイッたんですね」

「アァァ……言わないでって、言っているのに……」

こってりと股間を舐めしゃぶられて、羞恥と悦楽が入り混じった表情を浮かべている玲奈。その心地よさそうな表情を見て、守は笑みを浮かべる。そして今度はパンストに指をかけ、ゆっくりとずりおろしてゆく。

ろくな抵抗もできぬまま、玲奈は秘所を守る布地を引きおろされてゆく。膝上まではさがったもののそこから先がうまくおろせず、仕方なく守は玲奈の左足だけをパンストから抜き取った。

「アァ、イヤ……脱がさないで……」

残る防波堤は、あと一枚。ブラジャーとおそろいの、黒いパンティである。しかし薄手の布地は、すでにペッタリと玲奈の恥丘に貼りついてしまっていた。

ムラムラと沸きあがる欲望に突き動かされるまま、守は獰猛《どうもう》な肉食獣のように、玲奈のパンティーにかぶりつく。そして淫蜜のたっぷり染みこんだジュクジュクの布地を歯で咥えると、ズリズリと引きおろしていった。

「イヤ、イヤァ……それだけは、ダメなのに……」

玲奈は腿をもじつかせて抵抗を試みるが、わずかな時間稼ぎにもならず。玲奈のパンティは、左足からスルリと抜き取られ、右の足首に引っかかる。

守は玲奈の太腿に両手を乗せ、グイと左右に押しひろげる。そして隠すものがなくなり姿を現した玲奈の秘所、憧れの女性の最大の秘密を、マジマジと見つめた。

ぽってりとふくらんだ、柔らかそうな大陰唇。その二つのふくらみの合わせ目にひろがる、誰にも見せたことがないであろう、玲奈の秘密の部分。おそらく昨日までは一本の縦筋であったろうが、淫気で身体を内から炙《あぶ》られた上に執拗な愛撫を蕩けるまで施されて、縦筋はクパッと楕円形にひろがっていた。

淫裂からのぞくかわいらしい小陰唇と、濃い桃色に色づいた膣肉。その中心にはうっすらと小さな穴が開き、コンコンと透明な蜜が今も溢れでている。そして淫裂の頂上では、包皮からほんの少しだけ顔をのぞかせた淫核が、可憐にプルプルと震えていた。

「これが、玲奈先生の、オマ×コ……」

守は陶然と、淫らでありながらも艶やかに色づく、桃色の媚肉をジッと見つめる。

「アァ、見ないで……そんなに、ジッと見られたら……。あつい、アソコが、燃えそうに熱いのぉっ」

媚肉を穴が開くほど視姦され、玲奈は腰をクネクネとくねらせる。秘所を隠そうと懸命に手を伸ばすが、しかし守に手首をつかまれ遮られてしまう。

「アァ、ダメェ……あつい、あついのぉ……ンアァ、くる、くるぅ……ンアァァッ、イクッ、イクウゥッ！」

そしてとうとう、玲奈は媚肉を視姦されているだけで、軽い絶頂を迎えてしまった。

守の眼前で、小陰唇はピラピラと心地よさそうに震え、桃色の媚肉がグネグネと蠕動《ぜんどう》する。淫核は包皮を脱ぎ捨てようとするかのごとくピクピクと痙攣し、膣穴からプシャッと熱い飛沫が噴きだした。

「玲奈先生。オマ×コ、見られただけで、イッちゃったんですか……？」

「ンアァッ、い、言わないでっ。イクッ、またイクのっ。私、はしたない、イクゥッ」

玲奈の肉体は、恐ろしいまでに敏感になっていた。守の問いかけに否定すらできず、ただピクピクと麗しき肢体を震わせている。

守はゴクリと唾を飲みこむと、舌を垂らし、玲奈の媚肉をベチョリと舐めあげた。

「ンヒイィィーッ！　イクッ、イクゥゥゥーッ！」

最も敏感な部位に不意に走った刺激に、玲奈は目を剝いて身悶え、絶叫した。そして守は、玲奈の真の絶頂を目の当たりにする。

細い喉をのけ反らせ、上向いた顔。瞳はクルリと裏返り、口は限界まで開かれ、ピーンと伸ばされた舌がヒクヒクと痙攣している。

その妖しくも美しい、凄艶な美貌に、守の欲望が狂おしいほどにかき立てられる。もっと玲奈の肉体から官能を引きずりだし、何度でも絶頂に追いこみ、哀れでありながらも美しい極限の美を心ゆくまで堪能したい。

玲奈を救うという使命は脳裏から消え去り、守は突き動かされるがまま、玲奈の媚肉に食らいつく。

「玲奈先生っ！　ベロッ、レロォッ。グネグネ、グニュッ、ニュポニュポッ」

「ンヒアァァッ！　ダメッ、オマ×コ、ダメエェーッ！　イクッ、イクゥーッ！」

守は玲奈の秘裂を指でグニィッと割り開くと、愛液塗れの膣襞をベロベロと乱暴に舐りまわした。小陰唇を甘噛みし舌で弾きまわし、媚肉に吸いつくと伸びてしまうかというほど強く吸い立て、膣肉を割り裂いて舌先をグネグネと差しこみ膣穴をグチュグチュと攪拌《かくはん》する。

「アヒイィイーッ！　イクイクッ、またイクゥーッ！　イキすぎて、私、おかしくなってしまうのぉーっ」

玲奈は獣のように泣き喚き、腰をガクンガクンと暴れさせた。しかし守は両手で玲奈の尻をガッチリと抱えこんで逃げられないように固定し、どれだけ玲奈が狂い泣こうと、クンニリングスを緩めなかった。

「玲奈先生、イキまくりですねっ。ベロベロってオマ×コを舐めまわされるの、気持ちよくてたまらないんですね？　クンニでアクメしまくりなんでしょう？」

「ンヒイィイーッ！　イクッ、イクゥーッ！　クンニ？　アクメッ？　わからない、わからないけど、オマ×コイクのおぉーっ！」

「こうやってオマ×コをベロベロ舐められることをクンニ、イキまくることをアクメって言うんですよっ。玲奈先生、オマ×コでアクメしてるでしょうっ」

「アァッ、してる、しているわっ。クンニでアクメッ、オマ×コでアクメェッ。ンアァァッ、イクッ、オマ×コイクッ、アクメイクウゥゥーッ！」

玲奈の脳裏はすべて絶頂で埋めつくされ、思考能力は完全になくなっていた。惑乱した頭で、守に教えられるがまま淫らな言葉を覚え、そして口走る。少しでもこの連鎖から抜けだしたいと絶頂を連呼しているのに、しかし肉体の快楽はますます深まっていくばかりであった。

「くあぁぁっ、私、もうダメッ。狂う、狂っちゃうぅっ。頭のなかが、アクメで埋めつくされちゃうっ」

「玲奈先生、イッて、もっとイッてください！　お腹の奥から快感を一つ残らず吐きだすくらい、イキまくってっ。ヌププッ、ベロベロベロォッ！」

守は玲奈の膣穴に届く限りに舌を差しこみ、そして上下左右にメチャクチャに動かして玲奈の膣肉を舐りつくす。同時に右手を淫核に伸ばし、包皮を剝きあげて露わになった肉真珠をクニクニッと擦りまわした。

「キャヒイイッ!?　ンアァァッ、イクッ、イクッ、イクウウゥゥゥゥゥーーーーーッ!!」

玲奈は学園中に響き渡るのではないかというほどの絶叫をほとばしらせ、陸にあがった魚のように肢体をビクンビクンと暴れさせる。そして膣奥からブシャッと大量の愛液をしぶかせ、身体がバラバラに壊れるのではないかと錯覚するほどの絶頂の前に淫らに狂い咲いた。

しばしビクビクと暴れていた身体が、ガクンと力を失いベッドの上に投げだされる。

玲奈はとうとう白目を剝き、口から泡を吹いて、気を失っていた。

「玲奈先生、気を失っちゃったみたい。そんなに気持ちよかったんですね。よかった……」

玲奈の凄絶すぎるアクメ顔を眺めながら、守はポツリと呟く。いつしか目的もわからなくなり、守はただ玲奈を絶頂させることに没頭してしまっていた。

普段の聡明で理知的な玲奈とは対極に位置する、淫らの象徴のような獣の如き玲奈のアクメ顔。しかし守は百年の恋が冷めるどころか、自分しか知りえない玲奈の表情を目の当たりにしたことで、ますます玲奈という存在が胸のなかで大きくなってゆくのを感じていた。

これだけの絶頂を繰りかえせば、もう安心なのではないか。守が胸を撫でおろそうとしたその瞬間、しかし、守は見てしまった。気を失っている玲奈の口もとがニタリと歪められ、垂れさがっていた舌がゆっくりとではあるが淫靡に唇を這いずっている様を。

「まだ、足りないの……?　玲奈先生のなかの、淫気は、まだ、充満したままなんだ……」

守は愕然と呟き、そして、のろのろと再び玲奈の媚肉に舌を伸ばした。玲奈とこのような行為に及ぶことができるのは、今宵《こよい》限り。もし今夜、玲奈の淫気を浄化しきれなければ、玲奈は淫夢と同じ運命を辿るかもしれない。

「玲奈先生……僕が必ず、助けますから……」

守は改めて、玲奈の媚肉をネチョネチョと舐めはじめる。玲奈はアへ顔のまま気を失っている。しかしその肉体は、再びその身に訪れた快楽を一片も逃さぬとばかりに、ピクン、ピクンとかすかな反応を示していたのであった。


気を失っていた玲奈が意識を取り戻した時、その肉体は再び絶頂の手前にあった。

「…………っ!?　イクッ、イクゥーーッ!!」

その目を開けると同時に瞼の裏で眩い光が明滅し、玲奈はガクガクと腰を跳ねさせる。プシャプシャと愛液をしぶかせる膣口のその中心には、汁塗れの守の指が二本、ズップリと刺さっていた。

「玲奈先生、目を覚ましたんですね」

玲奈の隣に添い寝をしていた守が、あどけない笑顔を向けてくる。しかしその微笑みも、玲奈には己を淫獄に突き落とす淫魔の微笑みに見えた。

「僕、先生が眠っている間も、ずっとオマ×コをかきまわしてました。先生、眠りながらも、トロトロのオマ×コ肉を気持ちよさそうにたくさんピクピクさせて感じていましたよね。だいぶ淫気が浄化されたんじゃないかと思うんですけど、どうですか。

なにか、変化を感じますか？」

守は玲奈にそう尋ねつつ、膣穴に差しこんだ指をクニッと曲げる。守の指先が玲奈の快楽のるつぼ、Ｇスポットを刺激し、玲奈は白い喉をのけ反らせ声も出せずに悶絶した。膣肉が心地よさそうにキュウキュウと守の指を締めつける。

玲奈が気を失った後、さらに舌愛撫をつづけて玲奈の膣穴を愛液と守の唾液でヌトヌトにほぐしきった守は、玲奈の隣に横たわるとその蕩けて緩みきった美貌を眺めつつ、指での愛撫を開始した。玲奈の表情をじっくりと観察するためだ。

初めは指一本をゆっくり抽送し、膣穴をチュクチュクとじっくり優しく攪拌した。しばらくそうしていると、やがて玲奈の肢体がピクピクと震えだし、指に絡みつく膣肉が締めつけを増したのに気づく。守は指をもう一本増やして、膣穴を割り裂くようにジュプジュプと激しく抜き差しした。

玲奈は意識のないままガクガクと何度も絶頂に身体を痙攣させ、そして何度目かの絶頂の後、さらなる絶頂とともに意識を取り戻したのだった。

（わ、わたし……。なにが、どうなって……。からだが、とろけて、うごかない……オマ×コ……きもちいい……）

数えきれぬ絶頂の合間に教えられた淫らな単語は、すっかり玲奈の脳のなかに刷りこまれていた。玲奈はなおも送りこまれつづける快楽の波に何度も理性をさらわれながら、ゆっくりゆっくりと現状を把握してゆく。

守に身体を委ねてから、玲奈はいったい何度の絶頂を迎えただろうか。数十回、いや、ともすればそれ以上、絶頂への階段を登らされつづけ、その肉体はくたくたに疲れ果てていた。

「アッ、ンアッ……ンアァッ……イクッ……イクゥッ」

悦楽に翻弄され切なく喘ぎ鳴きつづけながらも、玲奈は己の肉体に意識を馳せる。

淫気を体内に取りこんでから子宮の奥底でずっと感じていた、どす黒く渦巻く不快そう。これまで体内に取りこみ、自分一人の力で浄化してきたのと同じくらいの強さになっている。

快美が入り混じったような妖しい感覚は、気づけばかなり薄まっているように思えた。

導くべき学生を巻きこんでしまったこの不貞な行為も、決して無駄ではなかったようだ。疲れきった玲奈は頭を動かす余力もなかったため、視線だけをゆっくりと守に向ける。守は玲奈の顔をじっと見つめていた。玲奈は守に伝えるべく、口をパクパクと動かす。しかし、激しく喘ぎ鳴きつづけた影響で、うまく言葉が出てこない。

「先生、なんですか?」

守が玲奈の口もとに耳を寄せる。

「……もう……だい、じょうぶ……みたい。……あり、がとう」

かすれた声で囁いた玲奈に、守はもう一度その顔を覗きこむ。ツリ目がちの目尻は悦楽に垂れさがり、黒水晶の瞳は悩ましく濡れ輝き……気品ある唇はすっかりほころびきって閉じ合わせられなくなり、唾液が垂れこぼれている。聡明な美教師とは思えない、快楽に蕩けきったアヘ顔。

しかしその口もとが、守の日の前でわずかではあるが優しいカーブを描く。それは何度も夢で見た淫婦の堕落したそれではなく、憧れの女教師がごく稀《まれ》に見せる、慈しむような優しい笑顔であった。

「……玲奈先生っ！」

「むぐぅっ？」

感極まった守が、思わず玲奈の唇を唇で塞ぐ。やっと玲奈を救うことができた。そう確信した守はその瞬間、自身の喜びのためだけに、気づけば玲奈の唇を奪ってしまっていた。

「ふむぅっ、ジュプ、チュパッ。んむむっ、イキュッ、ふむっ、イクウゥゥ～ンッ」

喜びを伝えるかのように、守はチュパチュパと玲奈の唇を吸い立て舌を舐めあげる。玲奈はその身体に再び絶頂をもたらされ、甘い鳴き声をあげて膣穴をキュムキュムと収縮させた。

しかし玲奈はその絶頂に、これまでの暴力的で全身が弾け飛びそうな快楽とは違う、幸福感で全身が蕩けだしてしまいそうな安らぎのようなものを感じていたのだった。

しばし玲奈との接吻に酔いしれていた守。やがて、沸きあがる喜びをキスという行為で分かち合い終えると、ゆっくりと唇を離す。同時に玲奈の膣穴に差しこんでいた指も慎重に引き抜いてゆく。チュポンという音とともに、奥に溜まっていた愛液がトプッと溢れだし、玲奈の尻たぶを濡らしていった。

「本当にもう、大丈夫なんですね、玲奈先生」

守が瞳を覗きこんで尋ねると、玲奈は本当に小さく、コクンとうなずいた。守は大きく息を吐き、役目を終えたという達成感に、今度こそ胸を撫でおろす。

すると玲奈が、ゆっくりと右手をあげ、守の頬にそろそろとその手を伸ばしてきた。まだなにか話すことがあるのだろうかと、守は再び玲奈の口もとに耳を寄せる。

「……ありが、とう。守くん。……もう、ガマン、しなくていいわ。……君の、好きに、していいの……」

玲奈の呟きに、守はハッとして玲奈の顔を覗きこんだ。玲奈は慈愛に満ちた表情で、守の顔を見あげている。

「で、でも、玲奈先生……」

「……君が、私のことを……なによりも、優先してくれていたのは、わかっているわ……。それに、君は、私を、救ってくれた……。だから私も、君のために、できることをしたいの……」

玲奈は気づいていたのだ。守が自分のために、己の射精への欲望を必死に抑えつづけていたことを。

女性との経験がない守は、玲奈の淫気が浄化される前に自分が限界を迎えることを恐れていた。まして、相手は憧れの玲奈である。ひとたび自分の欲望に流されれば、玲奈のことをそっちのけで玲奈の肉体を貪りつづけてしまうかもしれない。

玲奈が浄化される前に自分が放出しきって果ててしまえば、この行為はまったく無駄に終わり、自分を信じてくれた玲奈を裏切ることになってしまう。ゆえに守は、自分の肉棒に刺激を与えぬまま、徹底して玲奈を絶頂させつづけたのだった。

本当のところを言えば、今の守は興奮の頂点に達しており、パンツの衣擦れだけで盛大に射精しそうなほどに追いつめられていた。頭も興奮に沸騰しすぎて、鼻の付け根がツンと痛いくらいだ。

「でも、僕……」

「守くん……日付はまだ、変わっていないわ……」

玲奈が首を横に向けたのに倣い、守も首を傾ける。壁にかけられた時計は、間もなく零時を指し示そうとしていた。

「私たちはまだ、恋人同士……そうでしょう？　それに……私のために、そんな状態になってしまった君を……このまま放っておくなんて、そんなこと、できない……。教師として、正しい判断ではないかもしれないけれど……でも……」

玲奈は自分に報いようとしてくれている。これ以上逡巡しても、玲奈を教師の立場とのせめぎあいで悩ませるだけだ。

「わ、わかりました。玲奈先生、おねがいしますっ」

守は勢いよく立ちあがると、日付が変わる前にとあわてた様子でガチャガチャとズボンのベルトをはずし、パンツとまとめて脱ぎ捨てた。ブルンと勢いよくまろび出た肉棒のあまりの逞しさに、玲奈は目を丸くする。

ガチガチに勃起した肉棒は天を向くように屹立し、まるで射精を催促しているかのように浮きあがった何本もの血管がビクビクと脈打っている。尿道口から溢れでたカウパーは、亀頭どころか肉幹までも濡れひろがりテラテラと淫靡に輝き、挿入の準備はとうに完了済みだと訴えかけているようだ。

守の肉棒のサイズは、決して日本人の平均サイズを大きく逸脱している訳ではない。しかし憧れの女性を前に、長時間の愛撫を施しなおかつ射精を堪えつづけたことにより、自慰の際の三割増しほどにまで、大きく膨れあがっていた。

「玲奈先生、いきますね……」

「え、ええ……。ゆ、ゆっくり、ね……」

知識としてしか男性のサイズを知らなかった玲奈は、あまりに長大で凶悪な様子に内心で尻ごみしつつも、守に報いるためとコクリとうなずく。

しかしいよいよ射精を目の前にした守は、今度はさすがに玲奈を気遣う余裕もなく。強く握りしめすぎて射精してしまわないように注意しながら、肉棒の根元に手を添え、ゆっくりと玲奈の淫裂に亀頭を近づけていく。

そして、カウパー塗れの亀頭が、愛液塗れの膣口に擦れた瞬間。

「くうあぁっ!? うあっ、出るっ、出るうぅーっ!」

ドクッ、ブビュビュッ、ドビュドビュッ!

「ンアァアッ!? あ、あついぃっ! イクッ、イクウゥーッ!!」

二人は同時に、絶頂を迎えていた。だが、守の肉棒は、玲奈の膣穴のなかに収まってはいなかった。お互いの局部がぬめりすぎていたこと、そして玲奈の膣口が締めつけが強すぎることにより、守の亀頭は挿入前に滑りでて、玲奈の淫裂をチュルンと撫であげたのだ。

肉棒は玲奈の柔肉の感触にたまらず限界を超えて精を解き放ち、玲奈もまた、撫であげられた淫裂から沸き起こった快感とぶちまけられた精液の熱さに、再び絶頂を迎えてしまったのだった。

「うあぁぁ……そ、そんな……んく……くあぁっ！」

守は、これまでの人生で最高と言えるだろう射精の快楽を味わいつつ、しかし絶望的な思いで暴発をつづける己の分身を見つめていた。なんとか射精を中断させようと肉棒の根元を強く握りしめるが、しかしますます精液を搾りだしてしまうだけだった。

(アァ……これが、男性の、射精……。精液って、こんなにも、熱いものなの……)

守は無意識に腰をせりだし、プニプニの恥丘に肉幹を押しつけている。肉棒は心地よさそうにブルブルと震え、尿道口からなおも精液をドビュドビュと吐きだしていた。放物線を描いた白濁は腹部や乳房、はては顔にまでドパドパと降り注ぐ。精液は玲奈の鼻の頭にペトリと付着し、ゆるみきった唇の間にも飛びこんできた。

(すごい匂い……頭が、クラクラする……。口のなかに、ムワッと、臭気がひろがっているわ……。生臭くて、すごく、濃厚な……これが、男の子の、匂いと、味……)

玲奈は陶然と天井を見あげ、射精を受けとめつづけた。侵入した量はわずかにもかかわらず、鼻腔も口内も、精液の臭気にすっかり占領され。しかしその組み敷かれるような感覚が、玲奈にはなぜか心地よく感じられた。

やがて、肉棒の躍動がとまり、しばし沈黙が流れる。陶然と幸福感に包まれていた玲奈が視線をおろすと、しかし守は下を向いてうなだれ、打ちひしがれていた。挿入前に射精してしまったのが、よほどショックだったのだろう。そして、これで終わり、

と行為を打ちきられることに、怯《おび》えているのかもしれない。

（私は、教師。本来は、これで終わりにするべきなのはわかっている。けど……）

玲奈はそっと手を伸ばし、守の肉棒に触れる。あれだけ激しく射精したというのに、肉棒はいまだ大きさも硬度も保ったままであった。ピクンと肩を震わせ、守は驚いて顔をあげる。

（私を救ってくれたこの子を、あんな顔をさせたまま、放りだすだなんて、できない……。傷ついたこの子を癒すのも、教師の役割のはず……）

玲奈は優しく、守の肉棒を撫で擦る。肉棒が心地よさそうにピクピクッと跳ね、尿道口に溜まった残滓がトロッと溢れでた。

「守くん……。まだここは、こんなになっているわ……。君が、望むなら……」

（この子を巻きこんだ時点で、やはり私は教師失格だった……。どちらを選んでも、罪だというのなら……せめて、この子の……守くんの心が、救われるほうを……）

うっすらと瞳を潤ませ、守に微笑みかける玲奈。月光に照らされたその微笑みは、守には、まるで天上から女神が降臨したかのように思えた。

「……玲奈、先生っ！」

守はもう一度肉棒を握り、亀頭を玲奈の膣穴にギュムッと押しこむ。入り口こそ抵抗が感じられたが、亀頭がカリ首までもぐりこむと、長い長い愛撫で徹底的に解されていた膣穴は、チュルンッと簡単に奥まで肉棒を呑みこんでしまった。

「ンヒイィィーーーッ!!」

処女膜をプチンッと破られ、膣襞をカリ首にゾリゾリと勢いよくかき分けられ、子宮口を亀頭の先端にズンと突きあげられて。玲奈は白い喉を限界まで反らし、甲高《かんだか》い声でいないた。しかし、それは苦痛からではなく。強烈すぎる快感による、官能の叫びであった。

（わ、私……初めて、なのに、こんなに気持ちよく……）

想像していた破瓜の痛みはほんのわずかで、そして快楽の奔流に呑みこまれそれすらも一つのアクセントと化していた。玲奈の肉体が成熟していることも要因であろうが、しかしそれ以上に、守の愛撫により肉穴を蕩かされきっていたのが功を奏したようだった。

「うわぁぁっ。玲奈先生っ。すごく、すごく気持ちいいですっ」

蕩けるような玲奈の膣穴の感触に守は感激し、玲奈にギュウッとしがみつき、乳房の谷間に顔を埋めた。先ほどの魂まで放出されるような激しい射精の快感とはまた違う、すべてが蕩けだしてゆくような極上の快楽。憧れの女性との夢のような初体験は、最上級の心地よさと幸せで守を満たしていった。

「あっ!?　先生、大丈夫ですか。痛くないですか？」

最高の初体験に感動に打ち震えていた守はしかし、同時に玲奈もまた初めてであったことを思いだし、心配そうに声をかける。玲奈は反らせていた顎をゆっくりとさげ、守を見つめた。

「ええ……心配ないわ……」

玲奈が見せた喜悦に蕩けきった笑顔に、守は玲奈もまた快楽に包まれていることを確信する。嬉しくてたまらなくなった守は両手を伸ばして玲奈の頬に添えると、そのほころびきった唇に唇を重ね、ジュパジュパと貪った。

「んぷっ、ンチュゥッ。……ぷはっ、ま、守く、んぷぷっ。チュパッ、アヒッ、ムチュチュパッ、ヒアァンッ。ムチュッ、ブチュチュゥッ、イクッ、イクゥンッ」

挿入されたままジュパジュパと唇を味わわれて、玲奈は悦楽に瞳をゆらゆらと揺らし、甘い絶頂を味わう。玲奈の胸の奥もまた、なんとも言えぬ幸福感に満たされてゆく。

「チュウ、チュパッ……ぷあっ。……僕、嬉しいです。玲奈先生が、初めてなのにそんなかわいいトロトロのアヘ顔になっちゃうくらい、気持ちよくなってくれて」

「やっ、イヤ……み、見ないでぇ……」

守としては、玲奈が処女喪失の痛みに苦しまなくてよかった、と言ったつもりだった。しかし玲奈にしてみれば、初体験でアヘ顔を晒すほどの快感を得てしまう淫らな存在だと言われてしまったようで、羞恥に心臓が飛びだしそうな心地であった。

「せ、先生が痛くないなら……あの……う、動いても、いいですか？」

守がおずおずと尋ねてくる。玲奈は頭のなかを駆け巡る快感の前にうまく理性が働かず、求められるまま、ただコクンとうなずきかえした。

守がゆっくりと肉棒を引き抜いてゆくと、玲奈のヌトヌトに濡れそぼった膣襞は行かないでと懇願するようにムチュムチュと肉幹にまとわりついてくる。

「うあぁぁ……玲奈先生のオマ×コ肉、気持ちよすぎるぅ……。チ×ポにベッチョリ絡みついて、腰が抜けちゃいそうです……」

「ンアァ……ンハアァァ……。い、言わないでぇ～……」

亀頭の傘に膣肉がじっくりとかきだされてゆく蕩けそうな感触に、玲奈はピクン、ピクンと肢体を震わせる。

やがて亀頭だけを残した状態まで肉棒を引き抜くと、今度はじっくりと時間をかけて玲奈の膣穴に肉棒を挿し入れてゆく。

「んふうぅぅ……先生のオマ×コ、やっぱりすごい……。アツアツのヌトヌトで……チ×ポ、とろけるぅ……」

尽きることなく溢れつづけるトロトロの淫蜜でたっぷりと満たされた膣穴のなかを、肉棒がジュプジュプと音をたてててゆっくりと押し進む。濡れて蕩けた媚肉に優しく肉棒を撫でられ包まれて、守は夢心地で呟く。

「ダ、ダメエェ……私も……腰が、とろけて……アァ……変になるうぅ……」

玲奈もまた、敏感になりきった膣肉をズリッ、ズリッとじっくり嬲《なぶ》られ、舌をピクピクさせながら甘く甘く喘ぎ鳴いた。

それから、何度も何度も繰りかえされる、守の優しい抽送。玲奈の美貌はすっかり蕩けきり、フルフルと悦楽に震える唇からは、唾液の筋がいくつも垂れ引いていた。

「玲奈先生……すごく気持ちよさそう……。オマ×コ、気持ちいいですか？　セックス、気持ちいいですか？」

「やあぁ……き、きかないれぇ……」

玲奈は潤んだ瞳を守に向けて、蕩けすぎて舌足らずに聞こえる声で質問を拒否する。

しかし守はゆっくりと肉棒を押し進め、玲奈の羞恥を削ぎ落としてゆく。

「先生、僕に先生の本当の気持ちを教えてください……。僕は先生のオマ×コ、すごく気持ちいいです。セックスがここまで気持ちいいものだなんて知りませんでした。先生はどうですか？　チ×ポでオマ×コをズリズリされるの、気持ちよくないですか？……チユッ、チユゥッ」

チュッチュッと唇を吸い立て、子宮口を亀頭で撫で擦り、守は玲奈に回答を迫る。

玲奈の脳裏から教師の矜持《きょうじ》が溶けて流れ、一人の女になってゆく。

「ンチュッ、チュパッ……。アァァ……き、きもちいいわ……。セックス、きもちいいの……」

「僕のチ×ポ、先生をちゃんと気持ちよくさせられてますか？　先生のオマ×コ、喜んでくれていますか？」

「ンハァァ……チ×ポ、気持ちいい……オマ×コ、喜んでいるわ……。アァァン……」

守に尋ねられるまま、玲奈は淫語交じりに、本来なら隠しておかねばならない心の内を吐露してゆく。甘く蕩けそうな響きを含んだ玲奈の告白と、そして幸せそうに緩みきったアヘ顔。守は無上の幸福を感じ、そして再び射精欲求がかきたてられてゆく。

「先生、また精液、ザーメン出そうですっ。このまま、オマ×コのなかに射精してもいいですか」

「オマ×コのなかに……精液……？　あの、すごい勢いで噴きだしていた、熱くて濃厚な液体を……おなかのなかに……」

「はいっ。このままザーメン射精したいですっ。……あ、でも……先生、妊娠、とか……」

このまま二人で快楽に溶け合いたい。守の目はそう訴えかけていた。しかしそれでも、今この時の衝動に任せてこれからの玲奈の人生を狂わせてしまうことを恐れ、最後の一線で踏み堪えている。

そんな守がいじましく、玲奈はつい、秘密を打ち明けてしまう。

「……淫気を体内に取りこむ前には、決して理性を奪われないように、身体に術を施すの。この術を施すと、排卵も抑えられるのよ。だから……」

「じゃあ、中出ししても大丈夫なんですねっ。やったぁっ！」

玲奈はただ妊娠の可能性はないと伝えたかっただけだったのだが、しかし守はそれを、膣内射精を受け入れるという承諾だと思いこんでしまったようだ。守はゆるやかに腰を振り、膣穴の感触を堪能しながら、さらに射精欲求を高めてゆく。

「ああ、先生、出しますね。ザーメンいっぱい、先生のオマ×コのなかに射精しますね」

「アァ、そんな……射精……ザーメンを、オマ×コいっぱいにぃ……ンアァァ……」

守の中出し宣言に、玲奈の背筋をゾクゾクと背徳の快楽が駆けあがってゆく。瞳はますます潤み、唇からのぞいた舌先が絶頂の予兆にヒクヒクと震える。玲奈の膣肉も歓迎の意を示し、早く浴びせてとキュムキュムと肉棒に擦り寄っていた。

ジュプッ、ジュプッと大きなストロークで腰を動かしていた守は、やがてゆっくりと、しかし奥の奥まで、肉棒をズブズブと膣穴にもぐりこませはじめる。肉棒にかきだされた愛液がブチュブチュと溢れでて、玲奈の尻たぶを淫靡に照り光らせる。

「玲奈先生……イキます……イクッ！」

亀頭が子宮口に到達すると、守は腰をグラインドさせ、子宮口を亀頭で撫でまわしながら射精した。

「アァァァッ！　イクッ、イクウゥーッ！」

蕩けきり悦楽の溜まりきった膣穴に灼熱の雄液を放出され、玲奈はすぐに絶頂に追いやられた。再びのけ反りそうになった玲奈の首を、しかし守が首の後ろに手をまわし固定する。玲奈は守に絶頂顔を見つめられながら、さらなる絶頂に押しあげられてゆく。

「ああっ、玲奈先生、イッてるっ、中出しでイッてるっ！　先生のアクメ顔、やらしすぎるぅっ。ますます興奮して、射精がとまらないよぉっ」

「ンアァァッ、見ないでっ、なかだしアクメ顔、みないでぇ～っ！　ヒアァッ、イクイクッ！　あつぅいザーメンでイクッ、オマ×コがイクッ！　なかだひオマ×コ、ザーメンいっぱいでイクウゥゥ～～ンッ！」

瞳をフルフルと揺らめかせ、ぽっかりと唇を開きしどけなく舌を垂らして。玲奈は心の奥底までアクメに蕩け、守に無防備な絶頂アヘ顔を晒してしまう。

そんな玲奈が愛しくてたまらず、守は腰をブルブル揺すり、大量の精液を玲奈の膣奥に浴びせかけた。収まりきらなかった大量の精液が、結合部からゴプッゴプッと溢れだし、淫蜜塗れの玲奈の尻たぶを白濁が上塗りしていった。

長い射精を終え、守が大きく息を吐く。

「ふあぁぁ……。玲奈先生。中出しセックス、すごくすごく、気持ちよかったです」

「ふわ……あへ……」

守が胸に飛来した感動を熱っぽく伝えても、玲奈はアヘ顔を貼りつけたままぼんやりとしていて、明瞭な反応は返ってこなかった。

「玲奈先生もたくさんたくさん気持ちよくなってくれたんですね。トロントロンのアへ顔、最高に素敵です……ムチュゥッ」

「んむぅ……チュプ、チュパ……んは……あへぇぇ……」

しかし守は玲奈のアへ顔からいかに玲奈が快楽に蕩けたかを察すると、ゆるんだままの玲奈の唇に唇を重ねた。絶頂の余韻に意識が漂うなか、口内粘膜を舐められ舌を吸い立てられて、玲奈はピクピクと肢体を痙攣させた。

二度目の射精を終えても、守の肉棒はいまだ衰えることを知らなかった。ゆるやかな抽送で玲奈の膣穴の感触を味わいつくした守の脳裏に、このトロトロに潤った柔肉を激しい抽送でかきまわしたらどんな心地がするのだろうという興味がふつふつと沸きあがる。

守はゆっくりと腰を引いていき、亀頭だけを膣穴にはめた状態になると、初めての挿入と同じく、ズボッと思いきり肉棒を突き立てた。

「ンヒイィイッ!?」

膣肉を抉られ子宮口を穿《うが》たれ、玲奈の肉体を爆発的な快感が駆け抜ける。玲奈は悦楽の悲鳴をほとばしらせ、ビクンッと肢体を跳ねさせた。あまりの衝撃に瞳はクルンと裏返り、舌は口外に突きだされピクピクと痙攣している。

絶頂の際で垣間見せる、玲奈の極限の美。甘く蕩けきったうっとりするようなアへ顔も最高だが、この、ともすれば壊れてしまいそうな危険な美に彩られたアへ顔も、守の欲望を激しく駆り立てる。

守は再び腰を引き、そしてズンッと勢い肉棒をよく突き立てる。何度も何度も繰りかえし、玲奈の媚肉を抉りまわしてゆく。

「ンアッ、ハヒィッ！　ハグッ、ンヒイィッ！　ンオォッ、ホァッ、クヒイィッ！」

ズグッズグッと膣奥を突きあげるたび、玲奈はくぐもった喘ぎをもらす。瞳は裏返ったまま焦点を失い、舌は一突きごとにグネグネと舞い踊る。

「玲奈先生っ！　もっと、もっとスケベなアへ顔見せてくださいっ！　中出しマ×コをズボズボされながら、エロすぎるアへ顔でイキまくってっ！」

守は玲奈のアへ顔に完全に魅了され、玲奈の細い腰を抱きしめて、精液と愛液でドロドロになった蜜壺をひたすらに突きあげる。一突きされるごとに玲奈の口から品のない喘ぎがもれ、それがさらに守を興奮させる。

「ンヒッ、アヒッ、ハヒィッ！　ングッ、クアァッ、アヒッ、クヒイィッ！」

鋭すぎる快感に脳裏を埋めつくされ、玲奈は混濁する意識のなか、ただ喘ぎ鳴いていた。しかし媚肉はそれでも快楽を求め、何度抉りあげられても肉棒を求めて収縮してしまう。何度も何度も擦りあげられ、玲奈の媚肉は真っ赤に充血してしまっていた。

「気持ちいいっ、玲奈先生のオマ×コ、気持ちいいっ！　くあぁっ、イクッ、またイキそうっ！　先生のオマ×コにまた中出しするっ！」

苛烈すぎる抽送により、三度目の射精の予兆は予想よりも遥かに早く訪れた。守は玲奈の腰を両手でつかんで固定すると、身体が壊れるかと思うくらいに思いきり腰を叩きつける。

「イキますっ。玲奈先生っ、また中出ししますっ！　オマ×コでザーメン受けとめてっ、もっともっとアへ顔見せてくださいっ！」

混濁する意識のなか、守の叫びが玲奈の耳を通り抜け、染み入ってくる。玲奈はすっかり閉じることのできなくなった唇から、胸の内にふっと浮かんだ言葉を、紡ぎだした。

「らひ、て……ング、クヒッ！　守、くんの、ザーメン……あぐ、ハヒィッ！　れいなの、アへがお……もっと、みてぇぇ……」

それはほとんどが守が口走った内容のオウム返しであった。しかしそれは、守が求めているものを、玲奈がそのまま与えたいと願ったということでもあった。

意識さえもはっきりしていないであろう状態で、守を受け入れた玲奈。守は喜びに打ち震え、そして玲奈の子宮口に亀頭がめりこむほどに強く突きあげ、もう一度精液を噴射した。

「うあぁっ、玲奈先生ーっ！」

ドクドクッ、ビュクッ、ブビュルルルッ！

「ンアヒイイィィィィーーーーーッッ‼」

腹の奥底をたけり狂う精液で焼かれて、玲奈は肢体を砕けんばかりにのけ反らせ、絶頂に呑みこまれた。その目は焦点を失い白目を剝き、突きでた舌はベロンと反りかえってピクピクと痙攣している。

「すごいっ。玲奈先生のアへ顔っ。僕だけが知ってる、玲奈先生の本当の顔っ。くうっ、うあぁぁっ！」

玲奈のアへ顔の、あまりの凄絶な妖しさに、守は興奮をさらに滾らせ玲奈の膣奥に精液を撒き散らす。玲奈の蜜壺がキュウッと締まり、なかに満たされた白濁を味わうかのように、ムチュムチュと淫靡に収縮した。

長い射精がようやく終わると、三度に及ぶ射精により、大きな疲労感が守を襲う。守はそのまま、玲奈の身体の上に折り重なって突っ伏した。

絶頂に追いやられつづけた玲奈の顔は、アへ顔のまま戻らなくなっていた。守の胸に、大きな充足感とともに、もしやこのまま玲奈が元に戻らないのではないかという不安が生まれる。己の欲望に流されるまま、玲奈を壊してしまったのではないか。

「玲奈……先生……？」

守は恐る恐る、玲奈の頬に手を乗せる。息を呑む守の目前で、玲奈の目尻が、ほんの少しではあるが幸せそうに優しく垂れさがった。

玲奈は、玲奈のままだった。守の胸に、喜びとともに安堵感が飛来する。

「こんなにエッチな顔をしていても……やっぱり玲奈先生は僕の憧れです……」

守は舌を伸ばし、まろび出たままの玲奈の舌をチロッと舐めあげる。玲奈の舌が、心地よさそうにフルフルと震えた。そんな玲奈を眩しそうに見つめ、守はスウッと意識を失ったのだった。

Lesson3 退魔士教師の秘密

うっすらと肌寒さを感じ、玲奈は無意識下で身体をフルフルッと震わせた。徐々に引き戻されていく意識のなか、玲奈はゆっくりと瞼をあげる。乳房の谷間を温かなそよ風が撫でているのを感じ、まどろんだまま目線を下に向けてみる。するとそこには、スヤスヤと寝息を立てる少年のあどけない寝顔があった。

「……えっ!?」

予想だにしていなかった光景に混乱しながらも、玲奈は頭脳を回転させる。すると次々に昨夜の、教師としてあるまじき自らの痴態がフラッシュバックした。

「わ、私……なんてこと……」

絶望感に苛まれ、玲奈は片手で額を押さえる。教え子を巻きこみ、そしてその教え子に正体をなくすまで攻め抜かれ、そのまま気を失った。あまりに情けない有様に、顔から火が出そうだ。

愕然としたまま、玲奈は目線を壁に送る。そして目のなかに飛びこんできた物に、玲奈はさらなる衝撃を受けた。壁の時計の短針は、数字の4を指していたのだ。

「まもっ、コホンッ。倉田くん。起きて、倉田くんっ」

玲奈は守の肩をガクガクと揺さぶる。揺り起こされた守はぼうっとした顔で玲奈を見あげ、そしてまた乳房を枕にして瞳を閉じた。

「玲奈先生の夢を見るなんて……今日はラッキーだなぁ……むにゃ」

再び眠りに落ちようとした守を、玲奈はさらに激しく揺さぶった。

「倉田くん、起きなさいっ！」

「ひゃ、ひゃいっ！……あれ。玲奈先生……。やばっ、今、授業中……って、うわぁっ！　は、ハダカッ!?」

授業中に居眠りをしたところを玲奈に起こされたのか、とあわてて意識をシャキッと覚醒させた守は、しかし次の瞬間目に飛びこんできた露わになった玲奈の乳房に、驚いて後ろにひっくりかえった。

「あ、あれっ。僕はいったい……玲奈先生がどうして僕の目の前に……っていうか、なんで保健室に……？」

すっかり混乱している守に、毛布を手繰り寄せた玲奈が裸体を隠しながら答える。

「私たち二人とも、気を失ってあのままここで眠ってしまったみたいね……」

顔をそむけたまま、玲奈がポツリと呟く。その頬はうっすらと赤らんでいた。

「あのままって……ああっ！」

そして守もようやく、昨夜のことを思いだす。玲奈の秘密を知り、玲奈を救うために体を重ね……そして、初体験を迎えたこと。

「あ、あまりこっちを見てはダメよ……」

守が呆然と玲奈を見つめていると、玲奈は恥じらいながら身体を覆う毛布を引きあげ、守の視線を遮ろうとした。玲奈の恥じらう姿に、玲奈が淫婦に堕ちてはいないことを確信し、守の胸は喜びでいっぱいになる。

（やったっ！　僕、玲奈先生を、救うことができたんだっ。やった……！）

憧れの女教師を救うことに成功した。その喜びと達成感に、守の胸が跳ね踊る。そして守は、もう一つの事実に思い至る。

（僕……しちゃったんだ。玲奈先生と、初体験……）

感動を噛みしめ、守は玲奈に熱い視線を向ける。すべてを思いだした守の、熱のこもった視線に晒されて、玲奈は顔をそむけたまま羞恥に腰をもじつかせたのだった。

しばし感動の余韻に浸っていた守を、冷静さを取り戻した玲奈がせき立てる。

「もうすぐ夜が明けてしまうわ。それまでに一度、学園を出ないと……」

玲奈は着崩れた衣服を正しながら、守にも支度をするように告げた。

「生徒を外泊させてしまうだなんて……。私、なんと言ってお詫びすれば……」

「大丈夫ですよ。そのあたり、ウチは緩いですから。それに昨日は両親とも家に帰っていないはずだから、僕が外泊したことも知らないはずですし」

「そう。よかったわ。いえ、君を外泊させてしまったことは、よくはないのだけれど……。ともかく、もう出ましょう。他の先生方がやってくる前に、校門の結界を解かないと……」

ジャケットに袖を通してボタンを留め、息を整えると、玲奈がいつもの聡明な教師の顔になる。しかし立ちあがろうと床に足をついた途端、身体に力が入らずによろよろとよろけてしまう。守はあわてて玲奈の身体を抱きとめる。

「だ、大丈夫ですか、玲奈先生」

「え、ええ。少しふらついただけだから……」

玲奈は一人で立とうとするが、どうにも危なっかしい。守はそのまま、玲奈の隣に寄り添った。

「無理しないでください。肩を貸しますから、ゆっくり行きましょう」

「……ありがとう、倉田くん」

守は玲奈を支えつつ、カバンと一緒に、破瓜の血と残滓で汚れたシーツを丸めて抱えた。シーツは玲奈が自宅で洗濯してから戻しておくということだった。

「あ、あの、玲奈先生。……これからも、玲奈先生って呼んでも、いいですか？」

「……ええ。かまわないわ。他にそう呼ぶ生徒もいるし」

「そ、それで、あの……」

「なに？　倉田くん」

「……い、いえ。なんでもないです」

玲奈はもう、守、と名前で呼んではくれなかった。一夜明け、二人の短い恋人関係は終わりを告げたのだ。寂しく感じつつも、すぐにキッチリと切り換える生真面目な女教師を見て、憧れた玲奈が今もそこにいることに安堵も覚える守であった。


二人はまず、中庭に出た。玲奈は守の手を離れて一人で立つと、巨木に手を触れ、何事かを唱える。ポウッと巨木が淡く光るのを見て、やはり昨夜のことは夢ではなかったのだと改めて思いながら、守は呆然とその光を見つめていた。

十秒ほどそうしてから、玲奈は手のひらを放した。これで学園は日常空間に戻り、校門も通行可能になったらしい。

玲奈は、自分も一度家に帰るから、守も誰かに見つかる前に帰宅するように、と告げた。しかし守はふらついている玲奈を残して帰るなどできず、玲奈を家まで送ると申し出た。玲奈も強がっても仕方ないと悟ったのか、守の申し出を受け入れた。

二人は校門のある正門とは真逆に位置する、学園の裏手にやってきた。学園の裏手には、広大な森がひろがっている。どうしてこんなところに、と守が首を傾げていると、玲奈はポケットから鍵を取りだし、小さな門を開けて森のなかに入ってゆく。

五分ほど木々の間を歩いてゆくと、急に視界が開ける。すると目の前に、大きな和屋敷が現れた。

「ここが私の家よ」

「え、ええっ!?」

驚く守の前で、玲奈は屋敷の玄関前に立ち鍵を開ける。まさか学園裏の森のなかに玲奈の家があるなどと、守は露も知らなかった。

「倉田くん。よければ、あがっていってもらえないかしら。君に会ってもらいたい人がいるの」

「会ってもらいたい人、ですか?」

「ええ。学園の理事長……私の母よ」

理事長の姿は入学式で一度見ているが、三十代前半くらいの、大人の魅力漂う美しい女性であった。しかし改めて考えてみると、玲奈の年を考えればどうにも計算が合わないように思える。

　守は屋敷内の応接室に通された。屋敷の外観は和のテイストであったが、応接室は大きなソファの置かれた洋室であった。応接室に辿り着くまでに見まわした限り、なんとも和洋折衷な屋敷のようである。

「おかしいでしょう。母が興味の湧いた物をなんでも取り入れる人だから、統一感がなくて」

　玲奈が苦笑しながらそう教えてくれた。部屋に入ると玲奈はまず、守にシャワーを浴びるように勧めた。確かに汗はかいており、特に股間のあたりは冷えた粘液に塗れてべとついている。しかし汗やさまざまな体液を一刻も早く洗い流したいのは玲奈のほうであろうと考えた守は、玲奈の後にすると伝えた。

　やはり玲奈自身も早くシャワーを浴びたいと思っていたのだろう。守の申し出を素直に受け入れ、応接室を出て浴室へと向かっていった。

　同じ建物のなかで玲奈がシャワーを浴びている。そう考えると守の胸は高鳴った。しかしわずかな睡眠では疲労が抜けきっていなかったのか、不埒な行動に出る前に、睡魔に襲われた守はふかふかのソファに腰かけたまま意識を失ってしまった。

　シャワーを浴び終えた玲奈がバスローブ姿で応接室に戻ってくると、守はあどけない顔で寝息を立てていた。玲奈は小さく微笑むと、客室からタオルケットを持ってきて、守にかけてやる。

「守くん。昨日はいろいろと、ごめんなさい。……そして、ありがとう」

眠る守にそう呟いて、玲奈は応接室を出る。そして自室に戻り、ベッドの上に身体を投げだした。まだ五時前。二時間ほどは眠れそうだ。目覚ましをヤットし、玲奈は瞳を閉じる。今はまだ、これからのことをなにも考えたくはなかった。玲奈はすぐに、眠りのなかに落ちていったのだった。


午前七時。玲奈に揺り起こされ、守は本日二度目の目覚めを迎えた。眠い目を擦りながら、守は案内に従い浴室に向かう。

頭からシャワーを浴びていると、ふと、つい先ほどまで全裸の玲奈がここで同じようにシャワーを浴びていたのだと思い至る。途端、昨夜の玲奈の肢体が脳裏に浮かぶ。昨夜あれだけ射精したにもかかわらず、朝の生理現象も加わり、守の分身は痛いほどに反りかえりはじめた。

「な、なにを考えてるんだ僕はっ。ちょっと頭を冷やして落ち着こう。……つべたっ！　うあ、温度さげすぎたっ」

玲奈が壁を挟んだ向こうにいるというのに、分身をギンギンに反りかえらせているなど、シャレにならない。守は頭をブンブン振って邪念を払い、少しお湯の温度をさげて頭を冷やそうとした。しかし温度が予想以上にさがりすぎ、冷水を頭からかぶってしまい悲鳴をあげた。

その後も欲望との戦いはつづく。シャンプーもボディソープも、浴室に置かれたものは女性モノだけであった。仄かな花の香りが玲奈の髪から漂うかぐわしい香りと同じだと気づいた時、守の胸が再びドキドキと高鳴る。守はなにも考えないようにただ集中し、ワシャワシャと頭を乱暴に洗い立てるのであった。


スッキリはしたものの、欲望との戦いに若干ぐったりもしつつ、守は応接室へ戻る。そして玲奈にうながされるまま再びソファに腰かけた。玲奈も守の隣に腰をおろし、リモコンを手に取ると、ソファの向かいにある大型テレビのスイッチを入れ、つづけてなにか操作をした。

『ハァイ、玲奈ちゃん。昨夜の首尾はどうだったかしら。……あら？　その男の子は？』

画面に映った紫のバスローブを身にまとった美熟女が、玲奈に向かって手を振っている。ウェーブのかかった長い黒髪。玲奈と顔立ちは似ているが、よりしっとりとした大人の妖艶さが漂っている。そこに映っていたのは式守学園の理事長である、玲奈の母であった。

「ママ。昨夜のことで、伝えておかなければいけないことがあるの」

玲奈は表情を引き締め、母に昨夜の出来事を、淡々と報告した。


玲奈の父は世界的に有名な考古学者で、世界中を飛びまわっているらしい。母は昨年まで玲奈とともにこの屋敷で暮らしていたそうだが、玲奈が昨年学園に赴任してから一年間にわたり使命を務めあげたことで、学園のことは玲奈に任せられると判断し、今年から父についていったらしかった。

ちなみに今はアメリカにいるそうで、なるほどすでに外が明るいこちらに比べて、画面のなかでは夜の帳《とばり》が降りようとしているところだった。もともと父との連絡用に設置したテレビ電話を、今は母との通信にも使っているらしい。

「そう。そんなことがあったのね」

理事長が守を値踏みするように見つめている。玲奈は淡々と、しかし包み隠さずすべてを報告した。つまり玲奈は、守に処女を捧げたのだと、母親に伝えてしまったのだ。気恥ずかしさに加えて叱られるかもしれないという恐怖に、守は体を強張《こわば》らせる。

「……ふう。だから何度も言ったじゃない。早くお見合いして、パートナーを決めなさいって」

「そ、それはっ。こんなことになるだなんて、思わなかったから……」

「昔から教えてきたでしょう。式守の使命を継ぐということは、大変な危険を伴うものなんだって。……玲奈ちゃんが昔から、式守の家を継ぐために努力をしてきたのは知っているわ。でも、一人では限界がある。私だって、パパにいつも助けてもらうことで、なんとかこなしてきたんだもの」

母にたしなめられ、玲奈は俯き唇を噛んでいる。自分のせいで玲奈が責められていることに耐えられず、守はあわてて話に割って入った。

「理事長先生っ、ちがうんですっ。昨日、玲奈先生がいつも通りにできなかったのは、僕が玲奈先生の貼ったお札をいじっちゃったからで、先生のせいじゃないんです」

玲奈をかばう守を見つめ、理事長は楽しそうに目を細める。

「ウフフ。けど、玲奈ちゃんたら、いい子を見つけたようね。守くん、だったわね。これからも、玲奈ちゃんのことをよろしくおねがいね」

「マ、ママッ！　な、なにを言っているのっ」

「あら？　だって、守くんが玲奈ちゃんのパートナーになったことを報告するために、連絡してきたのでしょう」

「ち、ちがうわっ。第一、守く、ンンッ。倉田くんは私の教え子なのよ。パートナーになんて、できるわけがないわ……」

玲奈は顔を真っ赤にして、理事長を睨みつけている。一方、玲奈に力いっぱい否定されてグサリと胸が傷ついた守は、ガックリと肩を落とした。そんな二人の様子を、理事長はにこやかに見つめている。

「でも、昨夜の守くんの判断が正しかったのは事実よ。守くんに淫気の浄化を手伝ってもらわずに、いつものように玲奈ちゃんが自分ひとり身を清めることで乗りきろうとしていたなら。その守くんが見たという夢と同じように、玲奈ちゃんは理性をなくした獣になっていたでしょうね」

「そ、そんなこと……」

「私が貴方よりどれだけ長く務めを果たしてきたと思っているの。私も昔、昨夜の玲奈ちゃんのような目に何度かあった。それを救ってくれたのは、パパだったわ」

玲奈は言葉につまる。守に身を委ねたのはあくまで守の心を楽にしてやるためであり、それがなければ自分ひとりでなんとかできるという自信はあったのだ。しかし母にそれを完全に否定されてしまい、玲奈はただ、唇を噛みしめた。

「ねえ、玲奈ちゃん。少し、守くんと二人だけで話をさせてくれない？」

「二人で話を？　なにを話すというの」

「ウフフ。もし式守の秘密をもらせば、退学にしちゃうぞ～。って、脅しておこうかと思って」

「もう、ママッ。変なこと言わないで」

母の笑えない冗談に、玲奈は眉をひそめる。事実、守は本気か冗談かの判別ができず、顔を引きつらせていた。


仕方なく玲奈が退出すると、守は一人残った室内で、理事長と正面から相対する。

「倉田、守くん。貴方に、お願いがあります」

「は、はい。なんですか」

先ほどまでとはうって変わった理事長の真摯な口調に、守も背筋を伸ばす。

「娘を、玲奈ちゃんを、これからも支えてあげてほしいの。私も経験があるからわかるけれど、強すぎる淫気に侵された場合、一度では浄化しきれずに根が残って、必ず衝動がぶりかえすわ。玲奈ちゃんはこれからしばらく、その衝動に苦しむはず」

「そんな……」

昨夜の契《ちぎ》りで玲奈が完全に救われたわけではなかったと知り、守は愕然とする。

「貴方には、そんな玲奈ちゃんの助けになってあげてほしいの」

「そ、それって、つまり……」

「ええ。また玲奈ちゃんとエッチをして、何度も何度もイカせてあげて」

直接的な表現に、守の顔がボッと火が出たように赤くなる。ウブな少年の反応を、理事長は楽しそうに見つめる。

「守くんは、玲奈ちゃんのこと、好きなんでしょう。だから、玲奈ちゃんを助けてくれた。そうでしょう」

「えっ。そ、それは……」

「あら？　それとも、ただ玲奈ちゃんとエッチしたかっただけだったの？」

「ち、ちがいますっ！　僕は、ずっと玲奈先生に憧れててっ。あの玲奈先生が、別人みたいになっちゃうなんて、そんなのいやだから、だからっ……あ、うぅ……」

　勢いで心の内を吐きだしてしまったものの、ニコニコと守を見つめている理事長の視線に、守は語尾を濁して羞恥に口をつぐんだ。

「ウフフ。よかった。貴方になら、安心して玲奈ちゃんを任せられそう」

「どうして理事長先生は、僕のことを認めてくれるんですか」

「どうしてって。もちろん、玲奈ちゃんが貴方を選んだからよ」

　理事長の言葉の意味がわかりかね、守はつい首を傾げる。

「あの子が貴方に身を任せたのは、任せてもいいと、そう貴方を信じられたからよ。でなければ、あの子は貴方をなんとしても振りきって逃げたでしょうね。貴方が思っているより、あの子は貴方のことをずっと信頼しているの。もちろんそれは今は、教師が生徒に向ける信頼ではあるけれど」

　理事長の言葉は、守の心を勇気づけてくれた。少なくとも自分は、玲奈にとって信頼できる生徒ではあるらしい。

「あの子は生真面目で融通が利《き》かないところがあるから、たぶんこれからも貴方に簡単には頼らないでしょう。でももし、あの子が苦しんでいるのに気づいたら。その時は、助けになってあげてほしいの」

「……わかりました。僕、頑張りますっ」

守は決意を胸に、力強くうなずいて見せた。理事長はそんな守を、頼もしそうに見つめる。

「ウフフ。まるで、あの頃のパパみたい。頑張って、そのまま玲奈ちゃんをゲットしちゃってね」

「ゲ、ゲットって……。ぼ、僕は学生だし、玲奈先生は教師だから、そんなに簡単には……」

「あら、大丈夫よ。だって私も、学生だったパパに、メロメロにされてゲットされちゃったんだもの。ウフッ」

理事長は衝撃の事実をあっけらかんと告げ、少女のように微笑んだのだった。

「倉田くんと、なにを話したの？」

帰宅する守を見送った玲奈は改めて、応接室でテレビ画面の母と向き合った。

カバンのなかには昨日学園に忘れた教科書とノートをつめこんだだけだったため、守は今日の授業に必要な教科書を取りにいったん帰宅したのだった。しかしその裏には、一緒に裏口から学園に登校するのはさすがにまずいという守の配慮もあった。

「ウフ。守くんに、玲奈ちゃんを末永《すえなが》くお願いしますって頼んでいたのよ」

「なっ⁉」

「でも、守くんがウチの婿養子になると、『式守守』になっちゃうのよねえ。響きは悪くないけれど、漢字で書くと、なんだかおかしいわね。ウフフ」

「もう、いい加減にしてっ！」

冗談がすぎる母を、玲奈は肩を怒らせて睨みつける。

「なら、今すぐお見合いをなさい。候補のリストは前に十人分は送ってあるわよね」

「そんなっ！　それとこれとは話が……」

「ちがわないわ。式守の使命を継ぐということは、そういうことよ」

いつの間にか、母の顔から無邪気な笑顔は消えていた。きっぱりと断言され、玲奈は言葉につまる。

「そうね。それじゃ、一日ゆっくりと考えてみるといいわ。私の言っていることが、よくわかると思うから」

「…………」

「話してみてわかったわ。守くんは、とてもいい子よ。それに、玲奈ちゃんのことを本当に心の底から心配してくれている。昨夜のような状況でも、自分を抑えつけて貴方のことを第一に考え行動してくれた。なかなか出会えないわよ、あんないい子に」

「それは、私だってわかっています。……けど……私は、教師なの。教え子に頼るだなんて……しかもそんな、教師にあるまじき行為を……」

悲痛な顔をして思い悩む玲奈に、母は肩をすくめる。どうにも融通が利かない愛娘《まなむすめ》であったが、しかしそんな玲奈が愛しくてたまらず。だからこそ、一人の女性として幸せになって欲しいと願う、親心であった。

とりあえずは一日考えてみるという母の提案を受け入れ、玲奈は通信を切った。そして再び浴室に向かうと衣服を脱ぎ捨てる。蛇口を捻って洗面器に冷水を張ると、玲奈は裸身に何度も何度も浴びせかける。いまだ身体の奥底に潜む淫気とともに己の迷いを押し流そうと、玲奈は冷水を浴びつづけた。

「大丈夫。私は一人でも、打ち勝ってみせるわ。これ以上、守くんに迷惑はかけられない。あの子は私の、教え子なのだから」

玲奈は唇を引き締め、顔をあげる。鏡のなかに映るのは、いつも通りの自分。自分ならきっと耐えられる。いや、耐えなければならないのだと、そう自分に言い聞かせて。玲奈は孤独な戦いを決意するのだった。

Lesson4 淫気を祓う口唇奉仕

「おはようっ」

「オッス、守。……んっ？　なんだ、妙にスッキリした顔して。眠れるようになったのか」

挨拶に振りかえった太一は、教室に入ってきた守の様子が昨夜とは明らかに違うことにすぐに気づいたようだ。相変わらず目ざといヤツだ。

「ん、まあね。それより……ほい。特選肉まん」

教室に向かう前に学食で買ってきた肉まんの入った包みを、守は太一に向かってヒョイと投げる。反射的に包みをキャッチした太一は、なかを覗いて顔をほころばせた。

「おっ。マジで買ってきてくれたのかよ。サンキュー。ちょうど今朝は朝飯じゃ足りなくてさ」

「ううん。一応、お礼だからさ」

美味そうに肉まんにかぶりつく太一を見ながら、そう言って守が笑う。その眩しいまでの爽やかな笑顔を怪訝《けげん》そうに見つめていた太一は、次の瞬間なにかにピンと来たのか、守の肩に腕をまわしてコソッと囁いた。

「おめでとう、守。お前も、大人になったんだな」

「ブホッ！　た、太一、なに言っててっ」

「隠すな隠すな。しかし、お前にそんな店に行ける勇気も、ましてや金もあるわけないし……。わかった。昨日の夜、痴女のお姉さんに襲われて筆下ろしされたんだな。しかも、玲奈先生似の美人と見た。……どうだ、当たってるだろ？」

「んなわけあるかっ」

力いっぱい否定しつつも、守は驚きで心臓が口から飛びだしそうだった。この友人の勘のよさは、いったいなんなのだろうか。しかも、微妙に真実をなぞってくるからたちが悪い。

「ありゃ。ハズレか。イイ線いってると思ったんだけどな。ま、そんなエロ漫画みたいな話、あるわけねえか」

太一は肩をすくめるも、別に確信をもってそんな話をした訳でもないらしい。

「ま、普通に考えりゃ、玲奈先生似のカワイイ子とイイ感じになったってとこか。今度紹介しろよ」

「ブッ！　お、おい、太一っ」

太一は話も聞かず手をヒラヒラさせて守の元を去ると、肉まんを咥えたまま別のグループの話の輪へと加わっていった。

「まったく。なんなんだアイツは」

いつか玲奈との秘密も看破しかねない。鋭すぎる友人の勘に、戦慄すら覚える守であった。


一時間目の終わり、トイレに向かった守は玲奈とすれ違った。

「お、おはようございますっ」

「おはよう」

立ちどまり直立して挨拶を返した守の横を、玲奈は小さく会釈して通り過ぎていった。いくぶん裏返っていた守の声と違い、玲奈の落ち着いた声音はいつも通り冷静そのものであった。

「……やっぱりね」

やはり昨夜の出来事は一夜の夢。守と玲奈は、ただの生徒と教師の間柄に戻っていた。それでも守にとっては、玲奈がいつも通りの姿でいてくれるだけで、幸せなのだった。

しかし、守はほどなくして、玲奈がいまだ危機を脱していないことに気づくこととなる。


この日の数学は四時間目だった。いつものように教壇に立った玲奈であったが、しかしどこか心ここにあらずといった様子で、授業のテンポも心なしか悪かった。

守が心配げに玲奈の姿を見つめていると、ふと、玲奈と目が合った。すると玲奈は、守の目をまっすぐに見つめてくる。教室内で見つめ合うという状況に、守の胸がドキドキと高鳴る。

「それでは、倉田くん。この問題を解いてみなさい」

「………………」

「倉田くん？」

「えっ。は、はいっ！」

守はあわてて席を立ち、教室の前に進みでる。玲奈が自分を見つめていたのは、ただ解答者を探していただけだったようだ。

（ヤバイッ。昨日予習してないから、わかんないぞ。ええっと……）

初めて見る問題に焦りつつ、守は数字と格闘する。

（……あ。この問題、前に職員室で玲奈先生に教わったヤツに似てる。ええと、ということは……これで、Y＝3だから……こうなって……こうか！）

守の頭のなかで、数式がパズルのようにピタリとはまってゆく。そして守は地力で解答を導きだし黒板に書き連ねた。

「先生、できましたっ。……玲奈先生？」

守が問題を解き終わっても、玲奈はぼんやりと傍らに立ちつくし、守の姿を眺めていた。守の顔を見つめ、そして守の股間を見つめ、一人ほんのりと頬を赤らめている。

「……あ。と、解けたようね。……正解よ。よくできたわね。席に戻りなさい」

「は、はい」

（玲奈先生。やっぱりどこか、いつもとちがうみたいだ……）

席に戻った守は、再び心配げに玲奈を見つめる。十分ほど授業が進むと、再び玲奈と目が合ってしまう。そして、再び問題を当てられた。

結局守はこの授業中、四回も問題を当てられた。いずれもなんとか解答できたものの、普段の玲奈には見られないような集中攻撃であった。

授業終了後、心配して玲奈に声をかけようとした守であったが、玲奈は守を避けるようにそそくさと教室を出て職員室に戻ってしまう。今日も玲奈の個人授業は受けられそうになかったため、仕方なく守は購買まで昼食を買いに向かった。守のいない間、守が玲奈になにかやらかしたのではないかと、教室内ではクラスメイトたちのちょっとした噂になっていた。

「守。そういうことか……」

教室に戻った守が中華まんをパクついていると、いつものように太一がそばにやってくる。

「そういうことって、なにが？」

「朝、機嫌がよかった理由だよ。……お前、玲奈先生をレイプしたな？」

「ブフォッ！　ゲホ、ゲホッ！」

突然突拍子もないことを耳もとで囁かれ、守はむせて喉につまらせてしまう。

「守。お前、玲奈先生をレイプして、調教したんだろ。そして哀れ肉奴隷となってしまった先生は、せめてもの仕返しに、さっきの授業でお前に当てまくったんだ。そしてお前は放課後、玲奈先生にオシオキしまくるってわけだな。……いや、むしろ、玲奈先生もそれを期待してお前に当てンガッ！」

皆まで言わせず、守はエルボースマッシュで太一の顎をかちあげた。

「太一、お前冗談もたいがいにしろよっ！」

「アタタ……わ、悪かったよ。いや、今日の玲奈先生、様子がおかしかったからさ。なにかあったのかと思って」

「なんでそれがさっきの話に繫がるんだよ。おかしいだろっ！」

「まあ、確かにそりゃそうだよな。わるいわるい」

守が語尾を強めると、太一はあまり悪びれた様子もなく、ポリポリと頭をかいた。

しかし、怒気に任せてこの場を乗りきったものの、守は内心冷や汗をかいていた。どうしてこの悪友はこうも危険球をポンポン投げこんでくるんだろうか？

「ん～、まあ、アレだ。調教の人手が必要だったら、いつでも相談に……」

「たぁいぃちぃ～～……!!」

「うおっと、トイレに行きたくなっちまった。そ、それじゃな～っ！」

いっそドロップキックで壁までふっ飛ばしてやろうかと守が構えを取ると、太一はあわてて教室を飛びだしていったのだった。


五時間目の授業は古文であった。なぜこのクラスの古文の授業は、眠気がピークになる時間にばかり配置されているのだろう。あくびを嚙み殺しながら、守はそんなことを考える。そしてやはりというかなんというか、徐々に眠気が守を襲う。気づけば守は、またも眠りの世界へと誘いこまれていた。

そして守は、再び夢を見た。夢のなかで、守はそれが夢であることを漠然と把握していた。周囲にひろがる暗闇。そして目の前には、全裸で雌豹のように四つん這いになっている玲奈の姿。

（また、この夢……。昨夜の保健室と今朝の玲奈先生の家では、見なかったのに……。でもなにか、ちょっとちがうような……）

守が思案し立ちつくしていると、雌豹となった玲奈は楽しそうに守を見つめ、ゆっくりと守ににじり寄ってくる。そしてピョンと飛びあがると、守を組み伏せた。

『ウフフ……』

そして幸せそうに微笑むと、舌を垂らして守の首筋をベロベロと舐めあげはじめた。

（これまでとはちがう夢。助けを求めてこないということは、最悪の状況は脱したってことかな。でも、この姿は……まだ、こうなる可能性が残ってるってことか。……こうしちゃいられない！）

「おい、守。授業終わったぞ～。起き、うわぁっ！」

突然ムクリと起きあがった守に、太一は驚いてのけ反った。

「お、お前、おどかすなよな。心臓とまるかと思ったぜ」

「ん？　太一、なにか用事？」

「なにって、授業が終わったから起こしてやろうと思ったんだろ」

周囲を見渡すと、みな帰り支度をはじめている。授業はとうに終わり、放課後になったようだ。

「そっか。じゃあ僕、行かなくちゃ。それじゃ太一、また明日っ！」

守はシュタッと手をあげると、颯爽《さっそう》と教室を飛びだしていった。

「また明日って、あいつカバン置きっぱなしじゃんか。手ぶらでどこ行くつもりなんだ？……まあいいか。さて、帰ろっと」

守の不可解な行動に首を傾げつつ、太一は帰り支度のため、自分の席へと戻っていった。


放課後の屋上。金網に手をかけ、玲奈はぼんやりと景色を眺めていた。この日、玲奈はまるで授業に集中できずにいた。

最もひどかったのは、守のクラスの授業だ。いつの間にか守の姿を目で追ってしまい、またそれを指摘されるのが怖くて、何度も守に解答させた。そして黒板に向かう守の姿を見ながら、昨夜の逢瀬を思いかえしていたのだ。

昼休みを迎えた頃には、いつの間にか子宮の奥にポウッと悦楽の灯火がともっていた。朝の水垢離《みずごり》に加え淫気を抑える術をしっかりと施したにもかかわらず、じっとしているだけで身体が快楽で炙られるような感覚に陥ってしまう。こんなことはこれまでで初めてであった。結局午後の授業はプリントを配って小テストとし、玲奈は湧きあがる官能に抗《あらが》い、教卓で時間が過ぎるのをただ待ちつづけていたのだった。

「私……教師、失格だわ……」

玲奈がポソリと呟いたその時、ふと背後に気配を感じた。

「玲奈先生っ」

玲奈が振り向くとそこには、息を切らせた守が立っていた。

「倉田くん……。どうしてここへ？」

「ハァ、ハァ……今日は、水泳部の活動に顔を出していないって聞いて。それから校内中を捜して、やっとここに辿り着いたんです」

「そう……」

玲奈を見つけたことに安堵したのか、守は笑顔を見せる。その笑顔が、玲奈の胸を締めつけた。

「それで、なにか用事があるのかしら」

「はい。……単刀直入に聞きます。玲奈先生。今日もまた、淫気の影響を受けているんじゃないですか」

「……どうしてそう思うの」

「それは……授業中、なんだかぼうっとしているように見えたし……。それに僕、また夢を見たんです。玲奈先生は夢のなかで、またいやらしくなっちゃってて。昨日はなんとかなったけど、でもこのままだと、また玲奈先生が危険な状態になるんじゃないかって心配で……」

心配そうに玲奈を見つめる守。その優しさが、胸に痛い。玲奈は右手で肩にかかった黒髪を払うと、鋭い瞳で守を見つめた。

「夢を見たって、授業中に居眠りでもしていたのかしら？」

「えっ。そ、それは、あの……」

動揺する守の様子を見ていると、自分でも意地が悪いとは思う。しかし玲奈はポーカーフェイスを装い、守の横を通り過ぎようとした。

「学生は余計なことを考えずに、勉学に集中していなさい。それじゃ」

「ま、待ってください。玲奈先生っ」

立ち去ろうとした玲奈に、守があわてて手を伸ばし、手首をつかむ。

「ひゃううぅんっ！」

その瞬間、玲奈の全身をゾクゾクッと電撃のような快感が走り抜ける。玲奈はフラつき、そのまま背後に立つ守の胸にもたれかかってしまう。

「大丈夫ですか、玲奈先生」

「は、放しなさい。放してっ」

守に両肩をつかまれ、玲奈は逃れようと身体をくねらせる。しかし身体に力が入らず、ただ守の胸のなかで黒髪をたなびかせるだけだった。

「先生っ。もう、無理をしないで下さいっ」

痛々しいまでに気丈に振る舞う玲奈にいたたまれなくなった守は、後ろから玲奈の身体をギュッと抱きすくめた。

「ンアァァァッ……」

力強く抱きしめられて、湧きあがる官能に玲奈はプルプルと身体を震わせ、蕩けそうな鳴き声をあげた。

「ダメよ、倉田くん……。先生を、放してちょうだい」

「イヤです。放しませんっ。僕は理事長先生に頼まれたんです。玲奈先生の助けになって欲しいって。それになにより、僕が玲奈先生を放っておけないんですっ。お願いですからもう、一人で無理をしないでください……」

さらにきつく抱きしめられて、玲奈の身体から力が抜けてゆく。玲奈の意志とは裏腹に、身体はもう、守に頼ることを受け入れてしまっていた。力が入らなくなった足はハの字になって力なく震え、その背中は完全に守の胸板に預けられる。

「アァ……どうしてなの……。私は君の前では、立派な教師でいたいのに……」

「玲奈先生は、立派な先生です。今はただ、少しおかしくなっているだけなんです。こんな時くらいは、僕を頼ってください。僕でできることなら、なんでもしますから……」

玲奈は頭を反らせ、背後の守を見あげる。瞳は不安げにゆらゆらと揺れ、唇は心細いのか温もりを求めて震えていた。守は玲奈の恐れを振り払おうとするかのように、その唇に唇を重ねた。

「んむ……ンチュ、ふあ……あむぅん……」

玲奈もまた、温もりと安らぎを求め、守の唇を自分から求めてしまう。

(やっぱり私は、教師失格ね……。でも、今だけでいい。今だけ、一人の女でいさせて……。明日からはまた、君のためにも、一人の教師に戻るから……)

玲奈は瞳を閉じ、さらに強く唇を押しつける。閉じられた瞳の端から、澄んだ滴が一筋、ホロリと流れ落ちていった。

「ンチュ、ンムゥ……あむ、ムチュ、プチュチユッ……」

口づけを交わしたまま、二人は屋上の扉へ近づいてゆく。玲奈は守の手を取り、ジャケットのポケットのなかへと導く。そこには屋上の鍵が入っていた。守はキスをつづけながら、屋上の扉の鍵を閉める。

屋上を二人だけの空間にした守は、玲奈をクルリと振り向かせると、正面から唇を押しつけて思いきり貪った。

「玲奈先生……ブチュ、ムチュゥッ……。これでもう、誰も入ってきませんよ……レロレロ、ジュルッ、ブチュブチュゥッ！」

「ふむむ、ぷあっ……キス、イクッ……はむ、ンプチュッ……キスで、イクッ、イクゥ〜ンッ！」

内頬をねぶられ、舌を吸われ、唾液を吸いあげられて。玲奈はキスアクメを迎え、瞳をトロンと悦楽に蕩けさせた。

絶頂に立っていられなくなった玲奈は、扉の横の壁に背を預け、ズルズルとへたりこむ。守もしゃがみこみ、絶頂の余韻にぼんやりとしている玲奈の顔を覗きこんだ。

「玲奈先生、ずっとガマンしてたんですね。キス、気持ちよかったですか？」

「アァン……キスで、イッちゃったの……。私、教師なのに、学生とのキスで、アクメしてしまったのっ……」

「先生。今から少しだけ、また恋人同士になりましょう。だからもう、自分を責めないで下さい」

自らの不甲斐なさに自棄《やけ》になっている玲奈を、守は優しく抱きしめ、もう一度キスをする。ペチョペチョと何度も舌を優しく舐めあげているうちに、玲奈の心も徐々に安らいでゆく。互いの唇が唾液でベトベトになった頃、玲奈はようやくコクンと小さくうなずいた。玲奈の了承に、守はニッコリと満面の笑みを浮かべる。

「それじゃ、今から僕たちはまた、恋人同士ですね。玲奈先生、いっぱいアクメさせますから、たくさんアヘ顔見せてくださいね」

「や、やぁ……恥ずかしいこと、言わないで……」

淫ら極まりないことを無邪気に言う守に、玲奈は恥ずかしそうに顔を赤らめる。

「でも、大事なことです。玲奈先生が明日からも素敵な教師でいるために、必要なことですから」

そう言われては、玲奈も否定することができなくなる。

「わ、わかったわ。たくさん、アヘ顔……見せるわ……アァン……」

自ら口にした倒錯した響きにクラクラし、玲奈はくなくなと腰を揺すった。


初体験から一夜明け、守の心理にはいくらか余裕があった。もちろん昨夜、最大の危機を脱したのも大きい。それに加え、理事長先生と話ができたことで、今後の展望がかなり明るくなったことも大きかった。なにしろ理事長は、同様の危機を実際に何度も乗り越えていた経験者だったのだから。

『淫気に侵された身体を救う、唯一にして最大の方法はただ一つ。恋人との、ラブラブセックスよ』

呆気に取られる守の前で、理事長はきっぱりとそう言いきって胸を張った。

『負の感情を浄化するには、幸福感を味わうのが一番。そしてそれが淫気であるのならなおさら、幸福な絶頂こそが特効薬なのよ。玲奈ちゃんは、強い意志で抑えこむことで浄化できると信じている。けれどそれでは、完全に浄化はできないの。取りこんだ淫気の一部は身体に残り、少しずつ溜まってゆく。そしていつか限界を超え……守くんが見た夢が、現実になってしまう』

理事長の言葉に、守の背筋をゾクリと悪寒が走り抜ける。

『玲奈ちゃん、昨日は驚くほど敏感だったでしょう。大きな淫気を取りこんだこともちろんだけど、溜まり溜まった淫気の影響も大きかったと思うわ。ここまでになってしまうと、なかなか普通の体質には戻れない。玲奈ちゃんは筋金入りの超ビンカン体質になってしまったのよ』

確かに昨夜の玲奈のイキっぷりは凄まじかった。だがそれは昨夜の出来事が原因なだけでなく、さまざまな蓄積ゆえの結果であったのだ。

『もっと早くパートナーを見つけていれば問題なかったんだけれど……。玲奈ちゃんたら生真面目すぎて、あの年までお付き合いすらしたことなかったんだもの。いくらお見合いを勧めても断ってしまうし。……もしかしたら、限界が近いことを感じていた玲奈ちゃんの身体がSOSを出して、それを守くんの予知夢を見る体質がキャッチしたのかもしれないわね。ウフフ』

それはあくまで理事長の推測であったが、確かにそう考えればすべてのピースがピタリとはまる気がする。

『後は守くん、貴方次第よ。あの子はなかなか素直になれないだろうけど、君のありったけの愛情であの子を包んであげて。そうすれば、玲奈ちゃんを必ず救うことができるから』

こうして守は、理事長という最大の後ろ盾を得た。そして、玲奈を愛し絶頂に導くことこそが彼女を救う道なのだと、確信を得ることができた。

昨夜のどこか悲壮感すら漂っていた初体験とは違い、これからは罪悪感なく身体を重ねられる。それどころか、むしろその行為が明るい未来に直結するのだ。守の胸が使命感に燃える。そして、守にとっては幸せすぎる運命の巡り合わせにただただ感謝するのであった。

（アァ、こんな……屋外で、学園の屋上で男の子とキスをしてる……。こんなにいやらしい、蕩けそうなキスを。私、いったい、なにをしているの。でももう、なにも考えたくない……彼にこのまま、すべてを委ねたいの……）

口内で舞い踊る守の舌をただうっとりと受け入れ、玲奈は壁に寄りかかったまま悦楽に酔いしれていた。徐々に太陽が傾きはじめているが、今日は暖かく屋外でこうしていても寒さを感じない。これなら服を脱いでも大丈夫かも、などとはしたないことを考えてしまうほどに、玲奈はディープキスに酔いしれていた。

「ンチユゥ、チユパッ……ムチユチユ、チユパチユパッ……。アァン、イクッ……チユプチユプッ……また、キスで、イッちゃうのぉ～っ」

甘ったるい喘ぎをあげ、玲奈は再びキスアクメに身体を震わせた。守は唇を離すと、唾液塗れになっている玲奈の口のまわりを指で掬い、唾液を舐め取る。玲奈はトロトロのアへ顔で、その様子を恥ずかしそうに見つめていた。

(キスでこんなにイッちゃうくらい敏感ってことは、玲奈先生ならもしかしたら、フェラチオでも気持ちよくなれるかも)

そう考えた守は、ズボンをおろすとたっぷりのキスによる興奮でガチガチに勃起していた肉棒をまろび出し、玲奈の眼前に突きつけた。

「やぁん……な、なに……？　なにをするの……」

ムワムワと雄の臭気を漂わせる肉棒を鼻先に突きつけられ、玲奈が困惑する。しかしその瞳は、トプトプとカウパーを溢れさせる尿道口に釘づけになっている。

「玲奈先生との大人のベロキスが気持ちよすぎて、僕のチ×ポ、こんなになっちゃいました。先生、僕のチ×ポを、フェラチオしてもらってもいいですか」

「フェラ、チオ……ッ！　そ、そんなのダメよ……」

玲奈の少ない性知識のなかにも該当の記憶があったか、玲奈は恥ずかしがって顔をそむける。

「お願いします、玲奈先生。キスであれだけアヘ顔見せちゃう玲奈先生なら、チ×ポで口のなかを擦られたら絶対気持ちよくなれると思うんです」

「わ、私、そんなはしたない女じゃ……いやぁ、迫ってこないで……ヒアァンッ」

肉棒を突きだし迫る守に、玲奈は顔を離そうとしたが、しかし後ろは壁で逃げることもできない。ブルブルと揺れる肉棒が頬を擦った瞬間、玲奈はかわいらしい喘ぎをもらした。

「あれ？　もしかして玲奈先生、チ×ポが顔に擦れて感じちゃったんですか」

「そ、そんなわけないでしょ、ンアァァァッ」

試しにもう一度肉棒を押しつけてみると、玲奈は再び甘い声をあげた。確信を得た守は、玲奈の頭を両手でつかみ固定する。そして腰を突きだし、肉棒と睾丸《こうがん》をベチョッと玲奈の美貌に押しつけた。

「ンヒイィィ～ッ！　な、なんてことをするのぉ」

戸惑いつつも喘ぎ鳴く玲奈に構わず、守は腰をグラインドさせる。顔中に雄の匂いを染みつけられ、玲奈は目を白黒させた。

「玲奈先生、顔をチ×ポズリされて気持ちいいですかっ」

「き、気持ちいいわけなんてぇ……熱くて、すごい匂いでクラクラしちゃうだけなのぉ……」

「きっとそのクラクラが気持ちよくなってくるんですっ。ほら、もっとチ×ポ臭嗅いでっ。キンタマの感触も感じてくださいっ」

「いやぁぁ。チ×ポ臭ダメェ、頭がおかひくなるぅ。タマタマの袋が、鼻をピタピタいじめてるのぉっ」

聡明すぎるがゆえに、玲奈は守の発する淫語の意味を瞬時に理解し。そしてどうオブラートに包んでよいかわからず、結局自らも卑猥極まりない単語をそのまま使用してしまう。

「ンオォォ……チ×ポ臭ダメェ……タマタマズリズリ、ダメェェ……」

玲奈を見下ろせば、その美貌を完全に守の股間で覆われているというのに、その肢体はピクピクと震わせている。

「もしかして玲奈先生、チ×ポズリでイッちゃいそうですか？　チ×ポ臭アクメしちゃうんですか？」

「そ、そんなわけないわぁ……お顔でチ×ポアクメなんて、そんなのぉ……」

そう否定しつつも、玲奈の口は開き、舌がこぼれでていた。玉袋にねとついた舌が擦れて、守は予想外の快感にブルブルッと腰を震わせる。

「玲奈先生、舌が垂れちゃってますっ。もうイキたくてたまらないんですね。それじゃ、これでイッてくださいっ」

守は玲奈の顔を上向かせると、鼻の頭に亀頭をクニッと押しつけた。玲奈の形よい鼻がクニュッとひしゃげ、カウパーがベッチョリと鼻の下に塗りつけられる。そして鼻腔に大量の肉臭が流れこみ、鼻腔を焼いたその瞬間。

「ンアヒイィーッ！　イクッ、イクゥーッ！　お鼻でっ、オチ×ポの匂いでイクゥゥーッ！」

玲奈は守の想像通り、絶頂を迎えた。

「す、すごいっ。玲奈先生、チ×ポ臭嗅ぎながらカウパー塗られてイッちゃってるっ。カウパーアクメでアヘ顔になってるっ！」

「いやあぁっ、見ないでぇ～っ。スンスン、フヒィッ！　カウパーアクメ、みひゃらめえぇ～んっ」

玲奈は瞳を裏返らせ舌をピーンと突きだし、アヘ顔を晒して絶頂しつづける。敏感すぎる玲奈の壮絶な痴態にたまらなくなった守は、開ききった玲奈の口に肉棒をズプズプと差しこんだ。

「んぷううぅ～っ！　ひゅむっ、ムチュッ、んむぅ～っ」

「くあぁぁっ！　こ、今度は匂いだけじゃなくて、味もお口のなかで味わってみてくださいっ。玲奈先生ならきっと気に入ってくれ、うあぁあっ、と、とろけるぅっ！」

ぬとついた口穴のあまりの具合のよさに、守はたまらず声をあげて呻く。玲奈は絶頂の余韻に呆然としたまま、ただ口内を肉の塊《かたまり》に占拠されていた。守は両手を伸ばし、玲奈の頬に添える。そしてムニムニと玲奈の頬を撫でまわし、口内粘膜を肉棒にペットリと張りつかせた。

「んぷうぅっ、チュプ、コクンッ。んむっ、ふむむぅ～んっ……チュパッ」

玲奈はされるがまま、口全体で肉棒の熱と臭気を感じ、味を覚えこまされる。

（ンアァ……これが守くんの、オチ×ポ。やけどしそうに熱くて、ガチガチに硬くて。すごい匂いに、頭が痺れるぅ……。それに、お肉の味がムワムワひろがって、少ししょっぱくて生臭いカウパーが、喉の奥にトロトロ溜まってゆくのぉ……）

口いっぱいに埋まった肉に反応し唾液がダラダラと口内に増産される。玲奈は息苦しさに、カウパーと一緒に唾液をゴキュンと嚥下《えんか》する。その瞬間、口内が締まり守の肉棒にえもいわれぬ快感をもたらした。

「うあぁあっ、玲奈先生のお口、気持ちいいっ。まるでオマ×コ、おくちマ×コですっ。玲奈先生、セックスしましょう。おくちマ×コで、ラブラブセックスッ」

口内の蕩けるような感覚と、聡明な玲奈が顔を喜悦に緩ませて肉棒を咥えこんでいるという強烈な視覚効果に、たまらなくなった守は玲奈の口内で肉棒で抜き差ししはじめた。

「んぷぅ……ジュルルルッ……ふむぅん……ジュプププッ」

（ハアァンッ、ほっぺたのお肉が、引きずりだされていくぅ……んくぅ、今度はゾリゾリ擦れながら押し入ってくるのぉ～）

緩やかな、しかしじっくりとした抽送に、敏感すぎる口内粘膜のその裏側から快感がゾクゾクと引きずりだされてゆく。玲奈のツリ目はますます垂れさがり、うっとりと守の顔を見つめている。

「玲奈先生っ、おくちマ×コセックス、気持ちいいですっ。先生もすごく気持ちよさそうっ。くあぁっ、僕、もうガマンできませんっ。このまま口に出しますから、お口をザーメンでいっぱいにしながらイッてくださいっ」

ジュプッジュプッと緩やかに抽送しながら、守はそう玲奈に告げた。玲奈は目を細め、言われるがまま守を受け入れる。

守は腰をゆっくりと引き、亀頭の傘が唇に引っかかった状態まで引き抜く。肉棒にキスを求めるように唇を突きだしている玲奈の顔を見下ろすと、頬に当てた両手を押して口内をすぼめさせる。そしてその窄まった口内を押しひろげるように、肉棒をジュプジュプと根元まで挿入した。

「んぷぷうぅ～っ！　イキュッ、イキュウゥ～ッ！」

口内粘膜を思いきりこそがれたことで、溜まりきった快感が爆発し、玲奈は口腔アクメを迎えてしまう。そして守もまた肉棒を絶頂粘膜に締めつけられ、限界を迎えた。

「くああーっ！　イクッ！　ザーメン出るぅぅぅーっ！」

ブビュルッ、ブビュッ、ズビュビュビューッ！

「んぶぷぅーっ!?　イキュッ、ブプッ、イキュウゥゥーッ！」

絶頂中の口内に灼熱の粘液を浴びせられ、玲奈の瞳がクルンと裏返る。玲奈は大量の精液で頬をプクッと膨らませながら、ガクガクと肢体を痙攣させた。

「あぁっ、玲奈先生がザーメンでイッてるっ、おくちマ×コセックスでアクメしてるっ！　ほっぺたをザーメンでパンパンにして、アヘ顔アクメしちゃってるぅっ！　うあぁっ、興奮しすぎてっ、ザーメンとまらないぃーっ」

「ブポッ！　ふむっ、ブプゥッ、イキュッ！　あぶっ、イキュウッ！」

とうとう玲奈の唇から白濁がブピュブピュと溢れでる。それでも守の射精はとまらず、垂れこぼれた精液で玲奈の黒のスーツにいくつもの染みができてゆく。

「くあぁぁ〜……ふうぅぅ〜……。いっぱい出ちゃいました、玲奈先生」

守はスッキリとした顔で、玲奈を見下ろした。しかし玲奈はいまだその頬を白濁漬けにされたまま。

「それじゃ、玲奈先生。ザーメン、飲んじゃってください。先生の敏感なおくちマ×

コなら、絶対ゴックンアクメできますからっ。僕のザーメンでアへ顔になっちゃう玲奈先生、見せてくださいっ」

昨夜わずかに口に入ってしまった時とは比べ物にならない、大量の濃厚精液による口内が湧き立つような感覚。強烈な臭気とえぐみが鼻から顎まで染みこんでゆき、口内粘膜がジンジンと疼き暴れだす。

玲奈は守を見あげながら、言われるがままにゴキュンと喉を鳴らす。大量の精液が喉をダラダラと流れこんでゆく感触に、再び瞳が焦点を失った。

「むぷうぅぅーーっ！　ゴキュ、ゴクンッ、いきゅっ、ゴキュンッ、いひゅうぅぅーっ！」

玲奈は精液をゴキュゴキュと飲み下しながら、さらなる絶頂に呑みこまれていった。弛緩した肉体はくたりと垂れさがり、唇に肉棒が引っかかった様は、まるで肉棒で釣りあげられているかのようだ。

「すごいや、玲奈先生。お口でこんなにもアクメしちゃえるなんて……。僕、もっともっと、玲奈先生を気持ちよくさせてあげたい。いっぱいアクメさせますから、もっともっとアへ顔見せてくださいね。……う、くぁっ」

亀頭で上唇をめくりあげながら、玲奈の唇から守の肉棒がブルンッと抜けでる。尿道口に溜まっていた白濁が宙を舞い、玲奈の美貌にピピッと付着した。

「ふあぁん……イキュゥ……」

ポッカリと口を開け大量の精液を舌から垂れこぼし、玲奈はヒクヒクッと身体を震わせる。たっぷりと愛情ミルクを嚥下した玲奈は、なんとも幸せそうに、その美貌をトロトロに蕩けさせていた。


玲奈は壁にもたれたまま、絶頂の余韻に陶然と酔いしれていた。黒いパンティストッキングに包まれた美脚が、コンクリートの上にしどけなく投げだされている。

守は玲奈のふくらはぎの裏が伝線しているのに気づいた。へたりこんだ時に、壁に擦ってしまったのだろうか。黒い布地からのぞく、白くムチッとした健康的な柔肌。

「玲奈先生。パンスト、伝線しちゃってますね」

守は手を伸ばすと、玲奈の足をサワサワと撫で擦る。

「んぁ……本当だわ。もうこのパンストは穿けないわね……」

玲奈の呟きに、守にイタズラ心が芽生える。守は玲奈の太腿を撫でまわし、しばしパンストのスベスベした感触を堪能する。そして今度は指で摘み、パンストをピリピリと破ってしまう。

「やぁっ。ま、守くん、なにをしているの」

「玲奈先生の素敵な脚が見たくて、穴を開けちゃいました。どうせ後で捨てちゃうんだから、いいですよね。……レロォッ」

「ヒアァンッ。脚、なめないでぇっ。ひどいわ、いくら捨てる物だからって……アァッ、破いちゃダメェ」

守は玲奈のパンストにいくつも穴を開けていく。黒に包まれた美脚に開けられた大小さまざまな楕円から、白い肌が垣間見える。守は大きく舌を伸ばし、黒も白も分け隔てなく、ベロリベロリと舐めあげながら唾液を塗りつけてゆく。

「ああ、玲奈先生の、素敵な脚……。僕ずっと、教壇に立つ玲奈先生のこのカッコイイ美脚に、憧れていたんです……レロッ、ネロオォッ」

「アヒイィ……授業中に、そんなところばかり見ていただなんてぇ……。なんてイケナイ生徒なのぉ。ンアァッ、カプカプしないでっ、チュパチュパ吸わないでぇ～っ」

嬉しそうに玲奈の美脚を味わっている守の姿に、玲奈は倒錯した興奮を覚えてしまう。美脚の表面を這いまわるねとついた感触に、いつしか心地よさすら感じていた。

パンストごとこってりと玲奈の美脚を堪能した守は、玲奈を抱き起こして壁に寄りかかるように立たせる。そして自らはしゃがみこむと、タイトスカートのなかに顔を突っこんだ。

「僕、玲奈先生のスカートのなかも、ずっと気になっていたんですよ。それがこんなふうに直接確かめられるだなんて、嬉しいです。スンスン……ああ……玲奈先生の匂いがいっぱい……」

「アァン、それダメェ……。真面目で勉強熱心な子だと思っていたのに、私の授業中に、イケナイことばかり考えていたなんてぇ……。ンアァ、玲奈のエッチな匂い、そんなにたくさん嗅がれたら……玲奈のオマ×コ、もっとエッチな匂いをたくさん溢れさせちゃうぅっ」

守の眼前で、玲奈のパンストのセンターシームがジワッと濡れそぼってゆく。至近距離でスカートのなかを視姦され、玲奈は軽い絶頂を迎えていた。

「先生、オマ×コとラブジュースの匂いを嗅がれて、イッちゃったんだ。ますますエッチな匂いが濃くなって、僕もう、たまらないですっ」

「ンアァッ。パンストオマ×コ、グリグリしないでぇ～っ」

興奮した守が鼻を玲奈の股間に押しつけると、玲奈はガクガクと太腿を震わせた。

たっぷりと玲奈の匂いを堪能した守は、両手でタイトスカートをたくしあげ、裾を玲奈の手に握らせる。股上になってしまったスカートから、玲奈の下腹部が丸見えになる。そして守は指で股布を摘み、ビリビリと割り裂いてゆく。

「アァッ。オマ×コの部分、破っちゃダメェッ。恥ずかしい部分が見えちゃうぅ」

玲奈は言葉でたしなめはするものの、その両手はスカートの裾を握ったままなぜか動かすことができず、ただ慄きながら興奮した面持ちで守の行動を眺めている。やがて玲奈の股間に大きな楕円が開けられる。守は最後の砦であるパンティを指でグイグイとずらし、恥丘を露出させた。

「うわぁ。黒いパンストからぷっくりはみ出た玲奈先生のオマ×コ、すごくエッチです」

「いやぁ……こんな、こんなのぉ……」

玲奈はいやいやとかぶりを振るも、しかしくびりだされた恥丘から目を離せずにいた。そして守は大きく口を開け、ぷっくりオマ×コ、恥丘に丸々かぶりつく。

「はぷはぷ……玲奈先生のぷっくりオマ×コ、柔らかくて弾力があって、最高の食感です。チュルルッ、ズジュゥッ……ラブジュースもいっぱい溢れて、飲みきれないくらい。美味しすぎて、いくらでも味わっていたくなっちゃいますっ」

「アァンッ、言わないでっ。玲奈のオマ×コ、そんなにじっくり味わわないでぇ～っ。ンアァッ、そんなに舌をヌプヌプされたらっ。イクイクッ、イッちゃうっ。オマ×コカプカプされながら、オマ×コ肉ネチョネチョ舐められてっ、イクゥゥ～ンッ」

玲奈の脚がピーンと伸び、ヒールの踵が床に擦れてコツコツと音が鳴る。股間を丸ごとかぶりつかれながら、玲奈は背筋をのけ反らせて再び絶頂を迎えた。

守は玲奈の股間から口を離すと、絶頂に弛緩しへナへナと崩れ落ちる玲奈の身体を抱きとめる。そして直立させた玲奈を反転させ壁に向かわせると、玲奈の股の間に勃起した肉棒をニュズッと挿し入れた。

「玲奈先生のプニプニオマ×コ、口のなかでたっぷり味わったから、今度はチ×ポで味わわせてください」

「アァ……入れるの？　セックス、するの？」

「セックスはまだですよ。今度はパンストからくびりだされたぷっくりオマ×コを、僕のチ×ポでズリズリするんです。ほら、こんなふうに……くうぅっ！」

「ンアァァンッ！」

守はぽってりと充血した大陰唇の合わせ目を、肉棒でズチュッとなぞりあげた。股間から湧きあがる快感に、玲奈がおとがいを反らす。

「くあぁっ、玲奈先生のオマ×コ、なかの感触もトロトロで最高だけど、このプニプニ感もたまらないですっ」

「ふあぁ、熱いオチ×ポが、オマ×コのプニプニをズリズリしてるぅ。いやぁっ、お汁がどんどん溢れてきて、オチ×ポどんどんニュルニュルしてきてぇっ。ニュルニュルオチ×ポにオマ×コズリズリされるの、たまらないのぉ～っ」

潤滑油塗れの性器を擦り合わせる蕩けるような快美感に、玲奈の美声が喜悦に緩む。ニュポニュポと卑猥な音をたて玲奈の股間の感触を味わいつつ、守は玲奈を振り向かせる。玲奈の顔はすっかり悦楽に溺れ、瞳はしっとりと濡れ、舌がテロンとのぞいていた。

「オマ×コズリされてる玲奈先生のトロトロのアへ顔、最高にかわいいですっ。あむっ、ブチュッ、ズジュジュッ」

「んぷあぁっ、イクゥッ。オマ×コズリズリされて、チュパチュパキスされてぇっ。おくちもオマ×コもっ、ブチュッ、チュチュゥッ、イクウゥ～ンッ」

口内を吸い立てられながら汁塗れの淫裂をこってりと嬲られつづけ、玲奈は絶頂を迎える。それでも守は腰の動きを緩めずに、舌を伸ばして玲奈の内頬をベロベロと舐めまわす。

「玲奈先生っ、ベロベロッ、レロォッ、キスアクメしながらオマ×コアクメ、気持ちいいですかっ」

「きもちいいっ、きもちいいのぉっ。もっとレロレロしてっ、もっとズリズリしてぇっ。オマ×コもおくちマ×コも、ネチョネチョアクメで狂わせてぇ～んっ」

とうとう玲奈は快楽にどっぷりと溺れ、卑猥なおねだりを口にする。訴えかけるような濡れた瞳に魅惑され、守も限界を迎えた。

「くうぅっ、玲奈先生、僕もイキますっ。オマ×コズリしながら、アへ顔でザーメン受けとめてくださいっ」

守は玲奈の上体を倒して両手を壁につかせると、首を内側に曲げさせる。玲奈の眼前で、トロトロにくつろげられた肉唇の上を、愛液塗れの怒張がズチュズチュと行き来していた。

「ンアァァ、オチ×ポすごいぃ。ビチャビチャお汁を撒き散らして、こんなに激しくズリズリィッ。アァン、イクッ。オマ×コがいじめられてるのを見ているだけで、興奮してたまらなくなってしまうのぉ〜っ」

下を向いたことで頭にさらに血が昇り、玲奈の頭のなかが悦楽で埋めつくされる。デロンと垂れさがった舌は、まるで精液が飛んでくるのを待ちわびているかのようだ。

「くあぁぁっ、イキますっ、イクッ！　マンズリでアへがお顔射するぅっ！」

ドビュビュッ、ブビュッ、ズビュビビューッ！

「はへぇぇぇっ！　イクゥッ、ぷぁっ、オマ×コイクゥッ、はぷちゅ、顔射ザーメンで、アへ顔アクメしちゃうのおぉ〜っ！」

蕩けきった美貌にビチャビチャと灼熱の雄液を浴びせかけられて、玲奈のアクメは何度も上塗りされてゆく。守はパンストに包まれた玲奈の美尻を両手でグニュッとわしづかみながら、トロトロの媚肉に最後の一擦りして、溜まった精液をすべて吐きだした。

やがて、玲奈の美脚がガクガクと震え、玲奈はズルズルとその場にうずくまる。守は玲奈の尻たぶを包むパンストに亀頭を擦りつけて残滓を拭い取ると、その場に座りこんで大きく息を吐いた。

玲奈は四つん這いのまま、残滓のベットリ付着した尻をヒクヒクと震わせている。守は玲奈を抱き起こすと、その顔を覗きこむ。そこでは玲奈のアヘ顔が、大量の精液に覆われていた。守は手のひらで、精液をグチュグチュと玲奈の顔に塗りひろげる。

「ふあぁ……ンチュ、コクン……あへぇぇ……」

はしたなくまろび出た舌に精液を塗りこめてやると、玲奈は無意識のまま舌を口内に収める。そして舌から精液をこそぎ取ると唾液とともにゴクンと嚥下し、満足気な吐息をもらすのであった。


玲奈を膝の上に寝かせた守は、しばらく玲奈の乳房を攻めることに没頭していた。

「んん、ヒアァッ、おっぱい、おっぱいダメェッ。アァッ、イクッ。またイクッ、おっぱいでイクゥッ！」

ブラウスのボタンをはずされ露わになった乳房と乳首を何度も何度もいじりまわされ、玲奈はおとがいを反らしてピクピクと痙攣する。流線型の双丘も、皿の上に開けたカッププリンのようにプルプルと愛らしく揺れていた。

その様が食欲を誘い、守は玲奈の乳房を口いっぱいに頬張り、むしゃぶりつくす。

「ンアァァッ、らめらめっ、おっぱい食べちゃらめぇっ！　イクッ、イクのぉっ、オッパイアクメくるぅ～っ！」

守が満足した頃には、玲奈は全身が弛緩しきって動けなくなっていた。チュポンッと音をたてて乳房を口内から解放すると、守はしどけなく横たわっている美教師の姿をじっくりと眺める。守の肉棒は三度目の射精に向けて、再びいきり立っていた。

「玲奈先生。あっちを向いて四つん這いになってください」

「ふぇ……よ、四つん這い……。そんなポーズ、恥ずかしいわ……」

羞恥を口にしつつも、守にうながされるまま地面に顔を伏せ、四つん這いになる玲奈。守はもう一度タイトスカートを捲りあげてパンスト尻を露わにすると、パンストの隙間からはみ出した恥丘に亀頭を添える。そして腰をググッとせり出し、ぷっくりした陰唇の狭間を肉棒でズブズブッと割り裂いていった。

「ンアアァァァ～ッ……」

膣襞をゾリゾリとかき分けられ、湧きあがる快感に玲奈の白い喉がのけ反る。しかしその目の先に映った物にハッとなった玲奈は、あわてて隠れるように顔を伏せた。

「ま、守くんっ。こちら向きはイヤッ。せめて、逆向きにしてっ」

玲奈が怯えるように縮こまる。しかし守は構わず、いやむしろそうすることが目的であるかのように、いったん腰を引くと反動をつけて、ズンッと玲奈の膣奥を荒々しく突きあげた。

「クアヒイィィィッ！　や、やめてっ。守くん、やめてぇっ」

全身を駆け抜ける強烈な快感と、そして胸を締めつける罪悪感に、玲奈はイヤイヤとかぶりを振る。しかし守は苛烈な抽送をとめようとしない。結合部からズボズボと卑猥な音が鳴り、淫汁がビチャビチャと撒き散らされる。

「やめませんっ。僕は、アイツに見せつけてやるんだ。玲奈先生が、こんなに敏感でエッチな身体になっちゃってるってことをっ」

守はキッと顔をあげ、その視線の先にそびえ立つ物を睨みつける。そこでは巨木が雄大に枝をひろげ、爽やかな五月の風にゆったりと葉をなびかせていた。

「アァッ、どうしてぇ。どうしてこんなひどいことをするの。ンアッ、ハァンッ。ご神木の前で、私を辱めるだなんてぇ」

そう。玲奈の正面には学園の象徴とも言えるご神木がそびえていたのだ。守はわざとご神木のほうを向かせて、玲奈をバックから突きあげているのであった。

「アァッ、お許し下さい。淫らな私を許してぇっ」

玲奈は必死で顔を伏せ、肉棒の突きあげに耐えつづけていた。耳はおろか、黒髪の狭間にのぞく首筋まで真っ赤に染まっている。

「玲奈先生、謝ることなんてないですっ。だって、全部アイツのせいなんだものっ」

「な、なんてことを言うのっ。そんなことを言ってはダメ、ンヒイィィ〜ッ！」

Gスポットを亀頭でグリグリと攻められ、玲奈はたまらず羞恥と喜悦の入り混じった顔をあげる。

「昨日、教えたでしょう。アンッ、ハクゥッ。あの木はこの地を、守ってくれているのっ。ンアァッ、だから、そんなことを言っては……」

「じゃあどうして、アイツは玲奈先生も守ってくれないんです。なんで玲奈先生が苦しまなきゃいけないんですかっ」

守はそう吼《ほ》えると、湧きあがる怒りをぶつけるかのように玲奈の肉壺をかきまわす。

「玲奈先生はずっとアイツを守ってきたのに、その玲奈先生が苦しむことになるなんて、そんなのおかしいですよっ」

「そ、それはっ、ハァンッ、わ、私が未熟だからっ」

「玲奈先生は未熟なんかじゃない、素晴らしい先生ですっ。そんな先生をこんないやらしい身体にしてしまったんだってことを、アイツに教えてやるんだっ！」

打ちつけられた腰と尻がバチンバチンと音が鳴るほど、守は勢いよく玲奈の膣奥を突きまくる。やがて玲奈は顔を伏せることもできなくなり、守護するべきご神木の前ではしたなく舌を垂らしアヘ顔を晒してしまう。

（アァッ、どうか守くんをお許し下さいっ。彼は本当に優しい子なの。ただ私のことを思ってくれているだけなんですっ）

玲奈は心のなかで必死に許しを乞いながら、守の与えてくれる快楽を抗うこともできずに受けとめる。あれほどの大きな存在を前にして、自分のためにそこまで言ってくれる。守の自分を思う気持ちの強さが子宮口を通って流れこんでくるかのようで、玲奈は喜びと快感に指の先までピクピクと震わせていた。

巨木はなにも答えず、ただ悠然と二人を見下ろしている。守はご神木に玲奈がいかに喜悦に蕩けているかを見せつけようとするかのように、ヌチュヌチュと肉棒を締めつける快感に耐え、玲奈の膣穴を突きつづける。

「アイツが玲奈先生を守ってくれないなら、僕が先生を守るんだっ。くうぅっ。アイツが先生を不幸にするなら、僕がそれ以上に先生を幸せにしてみせるっ。うあぁっ」

守の宣言が、玲奈の胸の奥に温かく染み入ってくる。変質的な欲望を次々に叩きつけられ戸惑っていたが、守の心根は昨夜となに一つ変わっていない。守はただひたすらに、玲奈を幸福に導こうとしてくれているのだ。

玲奈の胸が感動に打ち震え、膣襞が感激に肉棒へムチュムチュと抱きついてゆく。膣奥からはトパトパとさらに大量の愛液が溢れだし、玲奈の蜜壺をよりいっそうヌトヌトに潤わせた。

肉棒を蕩かすような優しくも心地よすぎる感触に、守は再び限界を迎える。

「んうぅっ、玲奈先生っ、ザーメン出そうですっ。いっぱい中出ししますから、アイツに思いっきり幸せなアへ顔、見せつけてやってくださいっ」

「アヒッ、ンヒィッ。アァッ、見せる、見せるわっ。ご神木に、私の最高のアへ顔、見てもらうのぉっ」

玲奈の同意を得て、守は猛然とラストスパートをかける。媚肉がかきだされるほど激しく抽送し、真っ赤に充血した膣肉を徹底的に擦りあげる。そして最後に、子宮口を突き抜けんばかりに思いきり肉棒を膣奥めがけて突き刺した。

「ンアヒイィーッ！　イクッ、イクウゥゥーッ！　ご神木に見られながら、イクウゥゥーッ！」

喉から快楽の絶叫をほとばしらせ、玲奈が大きく背中をのけ反らせる。同時にギュッと肉棒を絞りあげられ、強烈すぎる快感に守は盛大に精液を噴出した。

「うあぁぁあっ！　イクッ、オマ×コにザーメン、出るうぅぅーっ！」

ドビュドビュッ、ブビュピュッ、ズビュズビュズビュゥッ！

「アヒイィィーッ!?　イクッ、イクイクーッ！　中出しイクッ、ザーメンイクッ！幸せアクメッ、見られながらイクウゥゥーッ!!」

子宮に灼熱の精液がブビュブビュと叩きつけられた瞬間、これまで味わったなかで最大の絶頂が玲奈の肉体と精神を呑みこんでゆく。玲奈は大きく口を開け舌を限界まで垂らし、美貌を損なわれる寸前まで崩しきり、極限アクメを晒した。

守は肉棒を挿入したまま、前のめりになって玲奈の背中に折り重なる。腰から下がすべて弾け飛ぶような快感に荒い息を吐き、玲奈の黒髪をそよそよと揺らす。肉棒はいまだブピュブピュと精液を放出し、結合部から大部分の受けとめきれなかった白濁がドポドポと溢れだしていた。

激しい絶頂を前に全身を突っ張らせていた玲奈の肉体も、徐々に力が抜けてゆく。玲奈はコンクリートの上に上体をくたりと投げだした。頬に触れるヒンヤリとした感触が心地よい。

「ふあぁ……あへぇ……」

玲奈の美貌も、凄艶な絶頂アクメ顔から、喜悦と幸福に緩みきった蕩けそうなアヘ顔へとゆっくりと変化してゆく。

（アァ……はしたない姿をお見せしてしまったことを、お許し下さい……。私はこれからも、貴方をお守りいたしますから……どうか、守くんのことを許してあげてください……）

潤みきった瞳で玲奈はぼんやりと巨木を見つめる。サァッと柔らかな風が舞い、二枚の葉がクルクルとダンスを踊りながら、玲奈の目の前を楽しげに飛び去っていった。

（もしや……貴方を一人でお守りする私を不憫に思って、貴方が私と守くんを、引き合わせてくれたのですか……？　なら、やはり、私のパートナーは……。アァ、そんな……私は教師。この子の、教師なのに……)

玲奈は絶頂の余韻に浸りつつ、ご神木の真意をうっすらと感じ取る。もしそうだとするならば、式守の者として、守を拒む理由はなくなる。

しかし玲奈はもう一つ、教師という顔を持っているのだ。

(アァ……私はいったい、どうしたら……。なにも、考えられない……今はなにも、考えたくない……)

玲奈の胸にもやもやと葛藤は残っていたが、しかし心地よい疲労感がそれを覆い隠してゆく。玲奈は瞳を閉じ、今はただ、安らぎに身を任せるのだった。

Lesson5 プールサイドで昇天

ご神木の前で体を重ね合ったその後から、玲奈は肉の衝動を一人で抱えこむことはなくなった。翌日から守は毎日、一日に二回、朝と放課後にそれぞれ玲奈の屋敷を尋ねた。そして二人は体を重ね、守は何度も吐精し、玲奈はそれを何十倍も上まわる回数の絶頂へと導かれた。

一見二人の関係は順調に思えたが、しかし玲奈が守を招き入れるのはいつも屋敷の客間であり、学園内ではやはり教師と生徒の間柄。守はパートナーとは認められてもいまだ恋人にはなりえていないようであった。

そんな日々が一週間ほどつづいた頃。玲奈は久々に、女子水泳部の活動に顔を出した。これまでは肉体が敏感になりすぎて、水着に身体を通すことができなかったのだ。

女子生徒たちの前で、くっきり浮きでた乳首やふっくらと盛りあがった恥丘を水着越しとはいえ晒す訳にはいかなかった。

もちろん今も、相も変わらず肉体は自分でも呆れるほどに敏感だが、しかしそれらが活発になるのは主に守と体を重ねる時で、日常生活には支障はほぼなくなっていた。

久々に部員たちの前に出た玲奈は、ジャージを脱いで競泳水着姿になる。ハイネックタイプのイルカのような光沢を放つ黒い競泳水着を、玲奈は抜群のスタイルで艶やかに着こなしていた。部員たちは玲奈の水着姿に同性でありながら一様に羨望の眼差しを向け、感嘆のため息をもらした。

二時間ほど部員たちの指導を行った玲奈は、練習が終わると屋内プールの鍵を預かり、戸締まりを受け持った。そして帰宅前に、久々に思いきり泳いでみる。水の感触がもやもやをすべて洗い流して、心も身体も軽くしてくれた。

「……ふうっ」

ひと泳ぎ終えた玲奈が、プールの壁に手をつき、頭をあげる。バシャッという水しぶきとともにしっとりと濡れた長い黒髪がなびき、水滴がキラキラと宙を待った。

玲奈は水から出るとプールサイドに腰かけ、子供のように脚でパシャパシャと水面を叩く。そしてぼんやりと、この一週間のことを振りかえった。

最近は身体の調子もよく、式守学園に赴任して以来どこか重苦しかった気持ちも、ずいぶんと楽になったように思える。しかしそれらと引き換えに、玲奈は教師の身でありながら一人の男子生徒と秘密を共有し、あまつさえ関係を持ってしまっている。

「私、このままでいいのかしら……」

何度自問自答を繰りかえしても答えの出なかった問いを、玲奈は再び口にする。ひと泳ぎすればよい案が浮かぶかとも思ったが、やはりそう簡単にはいかないようだった。

その時、ふと視線を感じ、玲奈はプールの入り口の扉に視線を向ける。するとそこには、たった今自分を悩ませていた少年が落ち着かない様子で立っていた。

「守くん、どうしたの？」

玲奈は扉に近づくと鍵を開けて、扉の前に立っていた守に尋ねた。二人きりの時は、玲奈は守のことを名前で呼ぶようになっていた。

「あ、あの……。実は、玲奈先生にお願いがあって……」

守はポソリと呟くと、顔を俯かせる。しかし時折目線をあげ、しっとりと濡れて素肌に張りついた玲奈の競泳水着姿をチラチラと盗み見ていた。

「もうっ。学園ではダメだって言ったでしょう」

玲奈は両手で胸を隠し内股になって腰を引いた。そんな玲奈の反応に、守はあわてて首を横に振る。

「ち、ちがいますっ。そうじゃなくて、僕、あの……玲奈先生に、泳ぎを教えてほしくて」

「えっ。泳ぎを？……あ、ご、ごめんなさいっ」

いやらしいお願いだとすっかり勘違いしていた玲奈は、一瞬キョトンとした後、あわてて守に謝罪した。


「なるほど。息継ぎがうまくできないのね」

「は、はい……」

守は顔に水をつけられないほどの重度のカナヅチではないようだが、息継ぎのタイミングがどうにもつかめず、十メートルほど進んだところで苦しくなってしまうということだった。

「そう。なら、タイミングさえつかめばすぐに泳げるようになるわね。それじゃ、まずはバタ足しながら息継ぎをしてみましょう」

玲奈は泳げない守を笑うこともなく、優しく丁寧にコーチングした。まずはプールの壁に手をついてバタ足をしながら息継ぎのタイミングをつかむ。それに慣れてきたところで、玲奈は守の手を引きながらプールを後ろ向きにゆっくりと歩く。玲奈の教え方はとてもわかりやすく、守はすぐにコツをつかんでゆく。

「さあ、守くん。私に向かって泳いできて」

　玲奈はプールの床を蹴りながら、一定のスピードで後ろ向きに進んでゆく。守は玲奈を追いかけるように、離れてゆく玲奈に向かいクロールで進んでいった。いつしか完全に息継ぎのペースをつかんだ守は、玲奈に導かれるまま一人でプールの端から端まで泳ぎきることに成功した。

「ぷはっ。やったっ。玲奈先生、僕、泳げましたっ」

　プールの壁を背にした玲奈に、守は最後のひとかきで距離をつめると、その胸に飛びこんだ。

「ええ。もう完璧ね。おめでとう、守くん」

　嬉しそうに玲奈の胸に顔を擦り寄せている守に、玲奈は慈愛に満ちた笑顔を浮かべ、優しく髪を撫でる。なんだか小学生に戻ったような気分の守であったが、しかし気恥ずかしくはあるもののそれ以上に頭を撫でられるのが心地よくて、守は玲奈にしがみついたまましばし達成感に浸っていた。

「玲奈先生、泳ぎを教えるのもうまいんですね」

「あら。これでも水泳部の顧問なのよ。フフ、けどそういえば、いつもは速く泳げる方法ばかり教えていたわ。こうして泳げるようになって水泳の楽しさを知ってもらうのも、楽しいものね」

自らの指導で目に見えた効果が現れたのが嬉しいのか、玲奈は守を見つめて嬉しそうに目を細めた。その笑顔に、守の胸がキュンと疼く。

「玲奈先生っ」

「んむぅっ!?」

憧れのクールマーメイドの美しくも艶やかな水着姿。そして自分だけに見せてくれる優しい笑顔。すっかり玲奈に魅了された守は湧きあがる衝動を抑えきれなくなり、玲奈に抱きつくと唇をムチュッと押しつけた。突然のキスに、玲奈は面食らいそのまま硬直してしまう。

「んちゅ、んぷぁっ。ま、守くん、ダメよ。プールでなんて、ダメ、んむむぅっ」

「ブチュゥッ、玲奈先生、ごめんなさい。でも僕、もうガマンできませんっ。玲奈先生の競泳水着姿、セクシーでカッコよくて、たまらないですっ。ブチュブチュ、ムチュ、ネロォッ」

守は玲奈の後頭部を押さえ、ジュパジュパと音をたてて唇を激しく吸い立てる。そして唇の間にヌプヌプと舌先を差し入れてきた。

「んぷぅっ、ネチョネチョ、ぷあっ。ダ、ダメッ。プールのなかでこんないやらしいディープキス、ダメェ～ッ」

なんとか身体を離そうとするが、背中はプールの壁に当たっていてこれ以上さがることができない。逃げ場のない玲奈を抱きすくめた守は、レロレロと大きく舌を上下に動かして、玲奈の口内を舐めあげる。

「レロレロ、ベロォッ。玲奈先生のくちのなか、冷たくなってる。僕が温めてあげますねっ。ブチュブチュ、ネチョネチョ、ベロベロレロォ～ッ！」

「ハヒイィ～ンッ。おくちのなか、唾液でネチョネチョにしないでぇっ。唇が、舌が、あむぅん、ジンジン疼いてきちゃうのぉ～っ」

温水プールではあるが温度は低めのため、当然ずっと入っていれば身体は冷えてくる。守の熱烈なディープキスは冷えた玲奈の口内をジンジンと火照らせ、同時に眠っていた肉欲も引きずりだされてゆく。

ねとついた舌で口内を執拗にねぶられて、玲奈は悦楽に蕩けてしまい、守の体にしがみつく。その時、玲奈は見てしまった。ゆらゆら揺れる水面に映った、ディープキスにうっとりと酔いしれている、己の喜悦に緩みきった顔を。

（うそっ。あれが、私なの？　あんなに瞳を蕩けさせて、幸せそうな顔をして……。ああ、いやぁ。私、自分から舌を突きだして、守くんに舐めてもらいたがってる。アァン、食べられちゃう、守くんに舌を食べられちゃうのぉっ）

無意識に玲奈が突きだしてしまったヒクヒク震える舌を、守は嬉しそうに咥える。ジュパジュパと音がもれるほどこってりと舌をしゃぶられ、水面に映る玲奈はますます顔を蕩けさせていた。

（ハアァッ、これがアヘ顔、私のアヘ顔なのねっ。なんていやらしい顔なのっ。こんな顔をするなんて、私、教師失格よ。こんないやらしい顔を毎日見せられたら、守くんがどんどんエッチな男の子になっていっても、仕方がないじゃない）

玲奈のアヘ顔が守をエッチな少年にしたのか、はたまたその逆か。事実は定かでないが、しかし守がここまで性に貪欲になってしまったのは、自分にも大きな責任があるように玲奈には思えていた。

（アァ、水着の上から、あんなにクッキリ乳首が浮かびあがってる。ううん、それどころか、乳輪までプクッとエッチにふくらんじゃってるわ。私の身体、いやらしいディープキスですごく発情しちゃってるっ）

アヘ顔だけでなく肉体にも変化が現れていることを悟り、玲奈はそっと腰を引く。しかしその動作が、逆に守に玲奈の変化を気づかせてしまう。守は玲奈の腰をグイと引き寄せ、水泳パンツから飛びだしそうなまでに勃起した肉棒を、水着越しに玲奈の股間に押しつけた。

「ブチュブチュ、ジュパッ。玲奈先生のぷっくりオマ×コ、グッとせり出しちゃってますね。水着の上からでもわかります。ベロキスで興奮しちゃってるんですね」

「アァァ、ダメ、言わないで、あぷっ、ふむむぅ〜んっ」

否定しようとする玲奈の唇を、守の唇が塞いでしまう。チュパチュパと唇を吸い立てられる心地よさに玲奈は腰を揺すり、守の言葉を肯定するかのように股間に股間を擦り合わせてしまう。

「玲奈先生、このままベロキスと水着オマ×コズリでイカせてあげますね。レロレロッ、チュウゥッ、ネチョネチョネチョォォッ」

「ンアヒイィ～ンッ！　イクッ、ネチョレチョッ、イクゥ～ンッ！」

とうとう玲奈は絶頂を迎え、プールのなかでピーンと爪先立ちになる。守はグイグイと玲奈を抱きしめ、体をグリグリと擦りつけてくる。水着越しに勃起乳首とぽってりとふくらんだ恥丘を激しく擦り立てられ、玲奈はヒクヒクと舌を震わせた。

「ンアァ……はへぇぇ……」

玲奈は絶頂に弛緩した身体を支えるべく、守の体にキュッとしがみつく。守の肩に頭を乗せ、余韻に耽っていると、再び水面に映る自分の顔が目に入ってくる。

しどけなく舌をテロンと垂らし、唇のまわりを大量の唾液でテラテラとぬめり光らせ。うっとりと蕩けた顔で、幸せそうに少年にしがみついている自分。

(アハァ……イッた後のアヘ顔も、こんなにいやらしいだなんて……。これでは、守くんに何度も求められてしまっても、仕方がないわ。私、こんなに淫らだったなんて……。私はこれほどまでに、守くんに溺れてしまっているのね……)

教師という立場でありながら教え子の情愛に溺れてしまっている自分に愕然としつつ、しかしそれを幸せとすら感じてしまっている自分がいる。玲奈はどうしてよいかわからず、ただ守の体にひしとしがみついていた。


「玲奈先生。パイズリ、してもらってもいいですか」

「パイ、ズリ？　それって、どんな……はぅんっ！　チュパチュパしないでぇっ」

プールのなかで、玲奈は両手を頭の後ろにまわして無防備に腋《わき》をさらしている。無毛の腋を守にチュウチュウ吸い立てられて、玲奈は悶え鳴き、ヒクヒクッと身体を震わせた。

「ふふ。先生は腋も敏感ですね。レロッ、ベロォ～ッ。パイズリっていうのは、おっぱいでチ×ポをズリズリ擦って、射精させることです」

「ンアァ、ハアァンッ……。お、おっぱいで、オチ×ポを……射精、させるの？」

なおもネチョネチョと腋をねぶられ、玲奈は甘く蕩けた鳴き声をあげる。そしてしっとりと濡れた瞳で、守の顔を見つめている。

「はい。普通は男が射精するために女の人にしてもらうんですけど、敏感な玲奈先生なら、一緒に気持ちよくなれると思うんです。だから、おねがいしますっ」

守に興味津々といったキラキラした瞳で見つめられると、玲奈はいつも断るタイミングを逸してしまう。

「……わ、わかったわ。胸ですればいいのね」

「はいっ。やったぁっ」

守は嬉々としてプールからあがると、プールサイドに足を開いて腰かけ、玲奈を手招きする。玲奈は腰から下をプールに浸かったまま、守の股間の前に進み出た。

守が水泳パンツを脱ぎ捨てると、勃起した肉棒が勢いよく天を向いて跳ねあがる。熱く脈動するその肉塊を、玲奈はつい、うっとりと見つめてしまう。ずっとプールに浸かっていたのに、いささかも萎れた様子はない。それは同じくプールに浸かっていながらも、身体が疼いたままである玲奈自身も同じことかもしれないが。

「それじゃ、水着を脱ぐわね」

玲奈が肩紐に手をかけると、守はあわてて玲奈の手を制した。

「ダ、ダメですよ玲奈先生。せっかく初めて見た時から憧れていた水着姿の玲奈先生とエッチできるのに、水着を脱いじゃうなんて」

「でも、それならどうすればいいの。水着を着たまま胸を擦りつければよいのかしら」

困った顔をする玲奈にニコッと微笑むと、守は玲奈の胸の脇に手を伸ばす。そして水着をグイッと内側に引っ張り、玲奈の胸をブルンッと露出させた。

「キャアッ。こ、こんなことをするなんて……」

「これで水着を着たままパイズリできますね」

無邪気に笑う守に、玲奈は額を押さえた。

「もう……。水着が伸びてしまったらどうするの。もう着られなくなってしまうじゃない」

「あ、そうですね。すみません……。今度、アルバイトして弁償します」

シュンとうなだれてしまった守に、玲奈はクスッと笑みをこぼした。

「冗談よ。水着は他にも何着か持っているもの。でも、こんなふうに乱暴に扱うのはこれっきりよ」

「じゃあじゃあ、この水着はこれからパイズリ専用水着にしちゃいましょう」

「もうっ。調子に乗らないの」

玲奈は指先で守のおでこをピンと弾いた。いつの間にかこんな軽口を叩ける間柄になっていたことに嬉しいような複雑な心地になりつつ、玲奈は露出した自らの乳房を両手で下からすくいあげる。美しい流線型を描くカーブは、水着から強引にまろび出されたことにより、いつも以上に前にググッとせり出していた。

「それじゃ……お、おっぱいで、挟むわね。……んふぅっ！」

敏感な柔乳にアツアツの肉棒を挟みこんだ瞬間、玲奈はたまらず官能の呻きをもらしていた。乳房の谷間から飛びだした亀頭は顔に迫る勢いで、ムンと濃厚な雄臭を撒き散らす。

「うあぁ……玲奈先生のおっぱい、気持ちよすぎるぅ……」

魂すら溶けだしそうな声音で、守が心地よさそうに呟く。そして玲奈は守の指示に従い、パイズリ奉仕を開始した。

「そうです。おっぱいを両端からグニュッと寄せて……チ×ポをムギュッと包みこんだら、伸びあがりながらチ×ポをズリズリ擦りあげていくんです。うあぁ……た、たまんない……」

「ンア、アァン……こ、こう？　これで……んふぅ……いいのかしら……ハァンッ」

玲奈は教えられた通りに、押し潰した乳房を肉棒にギュッと押しつけ、柔肌でズリズリと根元から先端までなぞりあげていく。揉みこまれるだけで絶頂を迎える敏感な乳房は、変形させられながら熱い肉で擦りあげられて、プルプルと心地よさそうに震えている。乳房の奥に弾けそうな快感がどんどん溜まってゆくのがわかる。

「ううっ。玲奈先生、もっとスピードをあげてもらえますか？」

「も、もっと？　わ、わかったわ……。んっ、んっ。んはっ、はぁんっ……。ンアァアッ、ハアァァンッ！」

守に言われるまま乳房の動きを速めた玲奈だが、猛烈な勢いで肉棒が乳房の谷間を抉りまわす感触に、背筋をのけ反らせて喘ぎ鳴いてしまう。玲奈はどうしても乳房の快感に意識を奪われてしまい、今ひとつ速度はあがらなかった。

「あぁっ、もっと、もっと速くズニュズニュすれば、絶対にもっと気持ちよくなれるのにっ」

「ンアァッ、ご、ごめんなさいっ。でも私、今でもおっぱい気持ちよすぎて、これ以上激しくなんてムリなのぉんっ。ふあぁぁんっ、おっぱいイイッ！」

もう一段上の快楽を求めたい守とは裏腹に、玲奈は乳肉奉仕をつづけながら黒髪を振り乱して快楽に悶え狂っていた。どうしても強すぎる快感の前には一瞬手がとまってしまう玲奈。そんな玲奈を見下ろしていると、守はハッと大事なことに気づく。

「玲奈先生、僕、わかりましたっ。パイズリは大人の女の人にしてもらうものだと思っていたけど、そうじゃなかったんですね。超ビンカン体質の玲奈先生だもの。僕も一緒に動かなきゃいけないんですよねっ」

守は一人納得すると、玲奈の乳房が肉幹を擦りながら降りてくる瞬間に合わせ、腰をグイッと突きだした。

「ハアァァァンッ!?」

「くうぅぅっ！」

降りる速度と上る速度、二つが合計され、玲奈の乳房を擦られる勢いが二倍になる。当然、摩擦熱も乳房から得られる快感も倍化し、玲奈の身体に襲いかかった。

「アァァッ、今のすごい、すごすぎるのっ。私いま、おっぱいでイキそうになっちゃったのぉっ！」

「僕も今、すごく気持ちよかったですっ。もっと腰を動かしますから、玲奈先生もおっぱいでいっぱい感じてくださいっ」

守は腰を若干浮かせ、ズニュッズニュッと玲奈の乳房の谷間を犯してゆく。玲奈も自らの乳房を動かそうとしたが、しかし守から与えられる快感が強すぎて、玲奈自身の動きが鈍くなってゆく。守は玲奈の手に手を重ね、手の上から乳房を揉みこんだり肉棒に擦りつけたりと玲奈の手を操ってゆく。

「アヒイィッ！　あついっ、おっぱいあついのっ！　わたしのおっぱい、焼けちゃうのぉ〜っ」

乳房の谷間は激しすぎる抽送に真っ赤になっていた。カウパーだけでは潤滑液が追いつかないと考えた守は、口をモゴモゴさせて唾液を作りだし、乳房の谷間にダラダラと垂らしてゆく。

「ンアァッ、守くんの唾液が、おっぱいの谷間にぃっ。ンヒィッ、ヌトヌトおっぱいをチ×ポでズリズリされて、さっきよりももっと気持ちよくなるぅっ！」

「玲奈先生も唾液を垂らしてくださいっ。グチョグチョのオマ×コみたいにおっぱいをドロドロにして、おっぱいマ×コにしちゃいましょうっ」

守にうながされ、玲奈も舌を垂らして唾液を落とす。さらにぬとつきを増した乳房の谷間を、守の肉棒が乱暴に何度も犯し抜いてゆく。

「おっぱい、おっぱいきもひぃいぃっ！　イクッ、イキそうなのっ。ネチョネチョおっぱい、イッちゃうのぉっ！」

絶頂の予兆を感じ、玲奈が乳房をブルブルと震わせる。乳肉から引きだされた快感の嵐の前に、玲奈は口を閉じられなくなり、タラタラと潤滑の唾液をこぼしつづけた。

「玲奈先生っ、パイズリでイッてくださいっ。乳マ×コでアクメしてくださいっ」

守は玲奈の手ごと乳房をギュウッと押し潰してさらに隙間を狭め、そしてその狭まったドロドロの肉道を勢いよくズブズブと突きあげまくる。

「ンアヒイィーッ！　おっぱいイクッ、パイズリでイクゥーッ！　乳マ×コズリズリされて、パイズリアクメきちゃうのぉーっ！」

玲奈はとうとうパイズリで絶頂を迎え、おとがいを反らすとアヘ顔を晒しベロンと舌を突きだした。守はなおも抽送をつづけ、玲奈に絶頂を与えつつ己の射精へとひた走る。

「玲奈先生、パイズリアクメ気持ちいいですかっ。僕もパイズリ気持ちいいですっ。先生のアクメでおっぱいがプルプル震えちゃって、ヌトヌトの乳マ×コがさらに気持ちよくなっちゃってますっ」

「アヒィッ、きもちいいっ、パイズリきもちいいのぉっ。ンホォッ、またアクメくるっ、乳マ×コにアクメくるぅっ！　イクッ、イクイクゥッ！　パイズリアクメ、イクウゥウーッ！」

玲奈はさらなる乳肉絶頂に押しあげられ、水中でビクビクと肢体を震わせた。そのまま身体を弛緩させプールに沈んでしまいそうになったので、守はあわてて両足を玲奈の背中に絡めてグイと引き寄せる。その反動で、のけ反っていた玲奈の首がカクンと前に倒れてくる。凄艶な乳アクメ顔を目の当たりにした守は、ゾクゾクッと射精の予兆が睾丸を震わせたのを感じる。

「くあぁっ、玲奈先生、イキます、パイズリでイキますっ！」

守はギユッと太腿を内側に締めて玲奈の乳房を寄せ集めると、右手で玲奈の頭を固定する。そして左手を床につくと、猛然と腰を突きあげ玲奈の乳房の谷間を犯しまくった。

「うあぁっ、イクッ！　ザーメン出るうぅぅーっ！」

亀頭が乳肉を通り抜けて玲奈の鼻先まで到達したその時。尿道口がパクッと口をひろげ、大量の精液が玲奈のアヘ顔めがけて噴出した。

ブビャビャッ、ビュパッ、ビチャビチャッ！

「ファヒイィィーーーッッ!!　イクッ、イクッ、イクウゥウーーーッ！」

絶頂中のアヘ顔に灼熱の精液をぶちまけられ、絶頂に絶頂が上塗りされる。ピクピクとのけぞり痙攣する舌に、ビチャビチャと白濁が降り注ぐ。

「くうあぁっ！　すごいすごいっ、パイズリ気持ちよすぎるぅっ！　玲奈先生もイッてるっ。アヘ顔に顔射されてイッちゃってるっ！」

「ンアァッ、イクッ、イクゥッ！　ふぐっ、イクッ、えほっ、イクウゥッ！」

射精液が鼻の穴に入り、ツンと刺激が抜けて目尻から涙がぶわっと溢れる。ケホケホとむせながら、それでも絶頂中にあることを連呼する玲奈。

やがて長い射精が終わる。乳房の谷間で肉棒がヒクヒクッと震え、残滓をブピュッと吐きだした。アクメ顔の上から大量の白濁を塗りたくられ、玲奈の美貌はひどい有様になっていた。

「ンアァァ……らめぇ……。プールにザーメン、こぼれちゃってる……。私、顧問なのに……みんなのプールを、ザーメンで汚してるぅ……」

美顔から垂れ落ちた白濁が水面を打ち波紋を投げる様子を、玲奈は陶然と眺めていた。守は玲奈をプールから引っ張りあげると百八十度向きを変え、足の間に座らせる。玲奈は守の胸板に背中を預け、絶頂の余韻にぼんやりしていた。

守は両手を伸ばし、玲奈の顔に塗りたくられた精液を拭い取る。そして今度はたっぷりと精液の付着した両手で、玲奈の乳房をムニュムニュと揉みしだきはじめた。

「んふぁっ、ダメエェ……。おっぱいドロドロにしちゃらめなのぉ……。気持ちよくなっちゃう、またアクメしちゃうからぁ～」

甘ったるい声をあげ、玲奈はイヤイヤと首を振る。しかし守はかまわず、玲奈の乳房に精液をグチュグチュと塗りこめてゆく。

「玲奈先生、また乳アクメしていいですよ。おっぱいで、ザーメンアクメしちゃってください。いっぱいいっぱいアクメして、もっともっとトロトロのアヘ顔になってください」

「ンアァ、乳輪摘んでプニプニしちゃダメぇ。乳首にザーメン塗り塗りしちゃらめえぇ。アァッ、イクッ、またイクゥンッ。乳輪アクメくるっ、ザーメン乳首にアクメきちゃうのぉ～っ」

玲奈はヒクヒクと肢体を痙攣させ、母性の象徴を雄の欲望で塗り潰されてゆく倒錯した悦楽に、心を蕩かせていくのだった。

「ま、守くん、ダメよ。こんなところでそんなことしちゃ、危な、イヒィッ！　オマ×コズポズポしないでっ。立っていられなくなっちゃう～っ」

スタート台の上に立った玲奈を、脇に立った守が指で攻め立てる。水着の股布をずらされ露わになった玲奈の恥丘。その中心に、守の指が二本ズップリと差しこまれ、膣内をグチョグチョとかきまわしている。膣奥からは愛液がとめどなく溢れだし、守の指はおろか玲奈の太腿までべったりと濡らしていた。玲奈の美脚がはしたなくもがに股に開かれ、腰がカクカクと前後に揺れている。

「玲奈先生、Gスポットでイカせてあげますね。先生もザーメンおっぱいをモミモミしながら気持ちよくなってください」

守は指を鉤型に曲げ、玲奈の膣壁の最も敏感な部分をカリカリと引っかく。玲奈は精液塗れの乳房を自らギュムギュムと揉み立てながら、ガクガクと美脚を震わせ、再び絶頂に達する。

「アヒイィッ！　Gスポイクゥッ、ザーメンおっぱいイクウゥッ！　プールで水着姿で、下品なポーズでアヘ顔アクメしちゃうぅっ！　イクッ、イクウゥーッ！」

プシュプシュと潮を噴きあげ、玲奈は舌を突きだして喉を反らした。

（はへぇぇ……。私、教師失格どころか、これじゃ女としても失格だわ。でも、でも、気持ちいいっ。守くんの指で、オマ×コズポズポされちゃうと、たまらなくなってしまうのっ。ザーメンのヌルヌルも気持ちよくて、どんどんアクメがきちゃうのぉっ）

教え子に痴態の限りを見つめられ、玲奈は羞恥に打ち震える。しかしそれが快楽と混濁し、より激しい絶頂を玲奈にもたらした。

玲奈の扇情的な姿を下から見あげていた守は、その退廃的な美に嘆息をもらす。

「はあぁ～。さっきまであんなにカッコよく立っていた玲奈先生が、下品ながに股でアへ顔アクメしちゃうなんて……」

玲奈のスラッとした立ち姿と、がに股アクメ姿のギャップに、守は目を血走らせ興奮した面持ちで玲奈を見つめていた。

「アァ……ひどいわ、そんなことを言うなんて。君が私を、こんなにはしたなくさせてしまったのに……アァン……」

玲奈は快楽に濡れた瞳で守を見つめ、そう切なげに呟いた。しかしそれがさらに守の欲望に火をつける。

「玲奈先生。今度はスタートのポーズを取ってもらえますか」

「えっ……。こ、こうかしら……」

玲奈はまたも言われるがままに動いてしまう。クルリと半回転してプールに向き直り、身体を二つに折って前屈する。

快楽の残り火にフルフルと震えながらも、ピンと伸ばされた手足。手足のスラリと長い玲奈だからこそ、その美しいラインは芸術の如く映える。しかし一方で、プリッと上向きに突きだされた豊かなヒップと、その中心でぷっくりとふくらんだ汁塗れの恥丘のいやらしさがアンバランスで、守の獣欲をかき立てた。

「玲奈先生。そのままじっとしていてくださいね。……はぷっ」

守はゴクリと唾を飲みこむと、両手で玲奈の丸尻を揉みたくり、玲奈の肉裂にむしゃぶりついた。

「ンアァァッ。こんなポーズで、オマ×コ舐めちゃダメなのぉっ」

ベロベロと肉びらをねぶられ、玲奈はたまらず鳴き声をあげる。その時ふと、水面に映る自分の顔を目撃する。

（ふあぁ……。私、またアヘ顔してるぅ。守くんにオマ×コジュパジュパしゃぶられて、あんなに嬉しそうな顔をしてしまっているのぉ〜）

このポーズで水面を見る時、玲奈は決まって気を引き締めた表情だった。刹那の勝負に挑む瞬間の、極限まで研ぎ澄まされた表情をしていた。それが今は、極限まで緩みきったアヘ顔をさらしてしまっている。緊張から吹きでた汗でなく、弛緩ゆえにこぼれた唾液が水面に波紋を投げかけていた。

たっぷりとした愛撫を施して玲奈の肉穴をさらに蕩かした守は、唇を離すと玲奈のムッチリとした尻たぶに顔を擦りつけて口もとの愛液を拭う。そして守は自分もスタート台にあがり、玲奈の蜜壺に肉棒をズブリと一気に突き入れた。

「ンオォォォッ!?……オ……オホォ……」

獣のような声をあげ、玲奈がピクピクと全身を痙攣させる。一突きで、玲奈は絶頂へと押しあげられた。己の瞳がクルリと裏返り舌がニュッと突きでてピクピクと痙攣する様を、玲奈は目の当たりにした。

（オ、オォ……アクメ、顔。これが私の、オチ×ポに突きあげられた、最高に下品な顔なの……）

肉棒により絶頂に導かれた瞬間のアクメ顔の、そのあまりの卑猥さに、玲奈は大きなショックを受ける。守は玲奈が牝の獣へと堕ちないように守ると言ってくれたが、この顔を見れば、自分はすでに淫獣と化してしまっているのではないかとすら思える。

（なんて……なんて下品で、はしたない……だらしない、最低の……でも、なんて最高に気持ちよさそうな顔なの……）

玲奈が己のアクメ顔にさまざまなショックを受けている間、守は足場の狭さに四苦八苦していた。

「う～ん。やっぱり狭いな。でも、ぴったり密着すればなんとか……んくぁっ」

「ンヒイィィッ!?」

守が玲奈の腰をグイと引きつけると、膣奥に亀頭がゴリゴリと押しこまれる。玲奈は再び強烈な快感にいななないた。

「ンォォ……ま、守くん……ダメ、危ないわ。お、降りましょう……」

「イヤですっ。だって玲奈先生のスタートポーズ、すっごく綺麗だったんだもの。僕、このポーズの玲奈先生とセックスしたいんですっ」

そう言うと守は、そのまま腰を動かし膣奥を突きあげはじめた。スタート台が上下にたわみ、反動で守の肉棒がいつも以上に玲奈の膣奥を激しく突きあげる。

「ンヒッ、アヒィッ！　ダメェッ、こんなセックス、らめぇぇっ！」

ズゴッズゴッと子宮口を穿たれ、痺れるような強烈な快感が何度も玲奈の全身を駆け抜ける。玲奈は落ちないように自らの足首をギュッとつかみ、できる限りの力で両足を踏ん張った。同時に玲奈の膣穴がギュウッと収縮する。

「くうぅっ！　玲奈先生のオマ×コ、キュムキュム締めつけてきてますっ。このポーズのセックス、気に入ってくれたんですねっ」

「アンッ、ハァンッ、ち、ちが、ちがうのぉっ。こんなセックス、変態みたいなセックス、好きじゃな、アヒィーッ！　オマ×コすごいぃぃ〜っ！」

玲奈の否定の言葉は、激しい突きあげによる強烈な快感の前に打ち消されてしまう。官能的に耳朶をくすぐる玲奈のアヘ声に、守はますます興奮を高めて抽送を速める。

「玲奈先生、ごめんなさいっ。僕、変態みたいなことばっかりして、ごめんなさいっ。でも僕、玲奈先生を見てると、いろんなことをしてみたくなって。玲奈先生も気持ちよくなってくれるから、それが嬉しくてっ。たくさんたくさん、変態セックスしちゃうんですぅっ！」

守はバチバチと尻たぶを腰で打ちつけつつ、火の出るような勢いで玲奈の膣襞を抉

りまわす。玲奈は舌を突きだしたまま激しすぎる性交に意識をかき乱される。

「アヒィッ、きもちいいっ、オマ×コきもちいいっ！　こんなポーズなのに、変態セックスなのに、きもちいいのっ！　ンオォッ、イクッ、イクゥッ！　玲奈イクッ、変態セックスでイクッ、オマ×コイクゥーッ！」

とうとう玲奈は自分が変態行為で快感を得ていることを自覚し、そしてそれを告白しながら絶頂を迎えてしまう。トロトロに蕩けきった膣肉がキュキュウッと絶頂に収縮し、守の肉棒を揉み立てる。

「くあぁあっ、オマ×コ締まるっ！　玲奈先生のアクメマ×コ、グチョグチョのキュウキュウでチ×ポが気持ちよすぎですっ！」

「ハヒイィーッ！　アクメッ、アクメしてるぅっ。変態セックスで、玲奈、オマ×コアクメしてるぅっ！　はへぇっ、もっとだらしない顔になってるっ。オマ×コアクメで玲奈、変態みたいなアヘ顔になってるのぉ～っ！」

ビクビクと膣穴が痙攣し絶頂を迎えるたび、玲奈の美貌が知性の欠片《かけら》もないほどに崩れてゆく。

「はへえぇっ、もうわたひっ、教師じゃないっ。ンヒッ、こんなアヘ顔の変態、教師じゃないわぁっ」

玲奈は大きなショックを受けすぎたあまり、ブンブンと首を横に振って自分を否定しようとする。合わせて尻たぶもプリプリと揺れ、肉棒をグニグニと膣穴で嬲られて、守の内に激しい射精欲求がもたげてくる。しかし守は懸命に堪え、自らも前のめりになって玲奈の背中を抱きしめる。

「そんなことないですっ。玲奈先生は悪くない、僕が変態だから先生をアへ顔にしちゃうだけなんですっ！」

「でもっ、でもぉっ。私、アヒッ、こんなにイキまくりでっ。アへ顔の変態なのよぉっ。おっぱいだってオマ×コだって、キスだってでっ。きもちよすぎてすぐアヘアへしちゃう、どうしようもない変態なのぉっ！」

「変態でもアへ顔でも、玲奈先生は素敵な先生ですっ！　教師失格なんかじゃない。玲奈先生は、僕に勉強やいろんなことを教えてくれた最高の先生なんですっ！　だからもう、自分を責めないでくださいっ。僕には玲奈先生っていう教師が必要なんですっ！」

守の熱い告白に、玲奈の子宮がキュンキュンと疼きはじめる。

「アァッ、いいのぉ？　私、アへ顔でいいのぉ？　教師なのに、オマ×コでアクメして、アへ顔になっちゃってていいのぉっ？」

「はいっ！　だから安心して、もっともっとアクメしまくって、アへ顔になりまくってくださいっ！」

守は上体を起こすと玲奈の尻たぶをわしづかみにし、腰が砕けるかというほどメチャクチャに膣穴を突きあげまくる。力強い抽送による激烈な快感とともにもたらされた、守の断言。それは玲奈の崩れかけた心に染み入り、許しを願う玲奈はその言葉にすがりついた。

「アヒイィィーーッ!! イクッ、イクッ、玲奈イクゥッ! チ×ポでイクゥッ、オマ×コイクゥッ、変態セックスでイクウゥッ! アヘ顔教師、変態教師っ、ズボズボセックスでアクメしまくるぅぅーっ!」

玲奈は絶叫し、思いきりアヘ顔を晒して自分を解き放つ。水面に映る自分の顔は、先ほどよりもさらに淫らで、妖しく、しかし心の内を解き放ったことで輝いて見えた。

「玲奈先生っ、僕、イキそうですっ。このまま変態ポーズの先生のオマ×コに中出ししますっ!」

「出してっ、出してぇっ! 玲奈の変態オマ×コに射精して、玲奈をもっとアヘ顔にしてぇっ! ザーメンドピュドピュ吐きだして、守くんも私と一緒にアクメしてぇぇぇーっ!」

玲奈の熱い訴えとともに、玲奈の膣口がギュギュッと締まる。そして膣口から膣奥まで段階を経て肉棒を揉みあげるように収縮してゆき、守に絶頂を迫った。

「くああーっ! イクッ、イクッ、ザーメン出るぅぅぅーーっ!」

ズビュルッ、ブビュビュパッ、ドビュルビュルーッ!!

「ハヒイィィーーーッッ!!　イクッ、イクッ、イクウゥゥーッ!　中出しイクッ!　ザーメンでイクッ!　ドピュドピュアクメで子宮イクウゥゥゥーーッ!」

熱い噴射が子宮口を突き抜け、子宮の壁をビチャビチャと叩く。玲奈は大きく目を見開いて白目を剝き、舌を限界まで突きだして涎を垂れこぼし、卑猥極まりないアクメ面を晒して絶頂の階段をどこまでも昇りつめていった。

そして玲奈の視界が暗転する。直前に見た究極のアヘ顔は、玲奈の脳裏深くにしっかりと刻みこまれた。

(あれが私の、本当の顔……どこまでも淫らで、快感に貪欲な……本当の、私……)

それは、およそ人に教えを説く資格のある者とは思えない浅ましい顔で。しかし守は、そんな玲奈のアヘ顔をこれまで数えきれぬほど見てきているというのに、それでも玲奈を教師と認め、慕い、敬ってくれている。

(私はやっぱり、教師失格かもしれない……。だけど、それでも……教師でいたい。彼のために……こんな私を、必要だと言ってくれた、守くんのために……)

どれだけ快楽に塗れても、その資格がなくても、それでも教師でいたい。ただひたすらに自分を慕ってくれる、一人の教え子のために。

そして、玲奈の意識がプツリと切れた。力が抜けて前方に崩れそうになる玲奈の身体をあわてて後ろに引き、守は玲奈と繋がったままその場に尻餅をついた。

「玲奈先生……」

守は後ろから玲奈の身体をギュウッと抱きしめる。玲奈の肉体を慰めれば、その心は苦しみ。しかしその心を思いやれば、守りたいその心がやがては壊れてしまう。どうして玲奈が、これほどまでに苦しまねばならないのだろうか。

守は玲奈の身体が冷えないように身をピトリと寄せて温めながら、玲奈のためになにができるかをじっと考えるのだった。

Lesson6　ラブラブ逆家庭訪問

五月も下旬になり、守が式守学園に入学して初めての中間テストがやってきた。守は玲奈が立派に教師を務めあげているということを証明するため、気合を入れてテストに臨んだ。玲奈の作るテストは難しいと評判で、守も含めクラスメイトたちは戦々恐々としていたが、その結果は……。

「……やった！」

教卓の前で玲奈から採点を終えた答案を受け取った時、守は思わずガッツポーズをしてしまった。皆の前では控えめな守にしては、珍しい行為であった。

「倉田くん、よく頑張ったわね。間違えたところも計算ミスだったようだし、今までの授業内容をきちんと理解できているようね」

「は、はいっ。ありがとうございますっ」

玲奈に褒められ、守は上機嫌で席に戻る。すると太一が自分の席を離れ、守の席近くにやってきた。

「すげえな守。玲奈先生に褒められるなんて。どれ、何点かな〜」

「あっ。おい、太一っ」

「ゲッ！　九十四点!?　マジかよっ。お前は俺の仲間だと思ってたのに〜」

守の答案をヒョイとつかんで盗み見た太一は、予想を遥かに上まわる点数に思わず大声をあげた。クラスメイトたちから大きなどよめきが起こる。普段目立たない地味な生徒が叩きだした予想外の点数に、驚きを隠せないようだ。

「バカ、言うなって」

思わぬ注目が集まってしまい、守は答案を太一の手からひったくると自分の席で縮こまった。

「ハイ、静かにしなさい。坂本くんも自分の席に戻るっ」

玲奈は教室のざわめきを静め、再び答案を渡しはじめる。なんとなく周囲から感じる視線に、守はくすぐったいような不思議な心地だった。

「ぬおぉぉっ！　二十六点〜っ！」

その後、太一の絶叫が響き渡り、教室内が大きな笑いに包まれた。

「坂本くんは赤点ね。来週は補習を受けてもらうから、覚悟していなさい」

ショックを受ける太一に追い打ちをかけるように、玲奈はピシャリと言い放つ。しかし、玲奈との補習という甘美な言葉の響きに、守は少し太一が羨ましく思えてしまうのだった。

だが、一瞬急上昇した守の株も、次の授業には平常に戻ってしまう。

「あちゃ～……」

古文の答案を受け取った守は、席に戻るとガックリと肩を落とした。するとやはり太一がやってきて、再び答案を奪った。

「よっしゃ、俺の勝ち～！　お前、数学と六十点差とか、極端すぎるだろ。どれだけ玲奈先生が好きなんだよ」

「わっ、バ、バカ。なに言ってんだよっ！」

守は答案を取り戻し、今度は違う意味で縮こまった。周囲の「ああ、やっぱり」という視線と、「へえ～、玲奈先生を……」という視線が突き刺さり、まるで針のむしろだった。太一のそばにいるとよくとも悪くとも注目が集まってしまう。守はうんざりした気持ちで机に突っ伏した。ちなみに太一の点数は、四十三点であった。

後日、すべての答案が返ってきた。守の合計点数は、数学のアドバンテージがそのまま現れ、太一を五十点ほど上まわっていた。

「くう〜っ。まさかこの俺が守に奢《おご》ることになるとは……」

「いや、別に頼んでないけど。っていうか、お前が勝ったらまた僕が奢らされるところだったのかよ」

試験の合計点で上まわったほうが中華まんを奢る、と太一のなかでは勝手に決まっていたらしい。守は相変わらずの太一のマイペースっぷりに呆れつつ、ひとまずその危機を回避したことにホッと胸を撫でおろすのであった。


その週の金曜日。放課後に玲奈の屋敷を訪ね、そして体を重ねた後。玲奈は守に明日の予定を尋ねてきた。

「明日ですか？　一日、家にいると思います。というか、だいたい休日はいつも家にいるんですけどね」

基本インドア派の守は、照れ臭そうにそう答えた。

「そうなの。なら、もしよければだけれど、明日の夜、ウチに食事に来ない？」

「え、ええっ？　いいんですか？」

玲奈のほうから守を誘ったのは、初めてのことだった。これまでの週末は、守がわからない問題があると言って玲奈の屋敷に向かい、そのまま淫気の浄化に協力するというパターンばかりだったからだ。

「ええ。ご両親が夜遅くて、いつもコンビニのパンやお弁当ばかりだと前に話していたから、週末くらいちゃんとした食事を取ったほうがいいかと思って。それに、この間の中間テストはよく頑張っていたから、ちょっとしたお祝いでもと思ったのだけれど。どうかしら？」

「は、はいっ。もちろん行きますっ！　やった、玲奈先生の手料理だっ！」

守は感激のあまり、両手を天に突きあげる。

「そ、そんなに大袈裟《おおげさ》にしないで。恥ずかしいわ……」

思いの外喜んでくれた守に、玲奈は恥ずかしがりつつも、思いきって誘ってみてよかったと胸を撫でおろすのであった。


そして翌日の土曜日。守は夕方、式守家へ向かうべく制服姿で家を出た。休日ではあるが制服を着ているのは、教師と会うのであれば制服姿であるべき、とそう玲奈に注意されるのを未然に防ぐためだ。その一方で、これまでオシャレにさほど興味を持たなかった守は、せっかくの玲奈のご招待に、場違いな格好をして恥をかきたくないという臆病な気持ちもあった。

土日だというのに相変わらず両親は忙しく、今日は二人とも帰れないという話であった。ということは、もしもの場合、外泊することも可能であるということだ。守はついついデレデレと顔をニヤケさせてしまうのだった。

守は学園のまわりをグルリとまわると、森の裏手を通って式守家の屋敷へと向かう。このコースを通るとまず誰にも見つからないため、守と玲奈の間柄に妙な噂が立つこともなかった。ちなみに玲奈の話だと、この森にも簡単な結界が張られていて、人が迷いこまないようになっているということだ。

「いらっしゃい、守くん」

玄関の扉を開けて現れた玲奈の姿を見て、守は目を丸くした。なんと玲奈は、青いチャイナドレスに身を包んでいたのだ。

光沢のある青い生地に白い牡丹《ぼたん》の花があしらわれたチャイナドレスには、妖艶でありつつもどこか清楚さも漂う。袖口のないタイプで、両腕には同じく青い色の長手袋を塡めている。露わになった白い肩と腋の窪《くぼ》みが目に眩しい。

膝上の短いスカートからは、玲奈の長い脚がスラリと伸びていた。サイドのスリットは切れこみが深く、布地の隙間からチラチラとのぞくムッチリとした白い太腿はなんともセクシーだ。

「あ、あんまり見ないで。恥ずかしいわ……」

ポカンと口を開けて見つめている守に、玲奈は腕を抱いて身を捩った。

「ど、どうしたんですか、その格好」

「母が男性を家に招待するなら、きちんとした格好をしなさいって言うから。このチャイナドレスは以前母にプレゼントされた物なんだけれど……やっぱり、おかしかったかしら」

「お、おかしくなんかないですっ。僕、びっくりしちゃっただけで。玲奈先生、す、すごく綺麗で、セクシーですっ。とっても似合ってます！」

「あ、ありがとう……」

ブンブンと顔を横に振る守に、玲奈は頬を染め、はにかみつつ可憐に微笑んだ。

玲奈は守を食卓に案内すると、キッチンからいくつものせいろを運んできた。

「さあ、召しあがれ」

席に着いた守の前で玲奈がせいろの蓋を取ると、モワッとした蒸気とともになんとも食欲をそそるかぐわしい香りがひろがった。

「うわぁ～……ゴクッ」

守は思わず感嘆の声をもらし、口内に溢れてきた唾液を飲みこむ。そこには蒸し餃子、小籠包《しょうろんぽう》、中華まんなどさまざまな点心が並んでいた。

「男の子って、こういう料理が好きかなと思って。学園でも点心セットが人気メニューでしょう。それに、この格好だから、食事も合わせて飲茶《ヤムチャ》にしてみたんだけれど、どうかしら。……それともやっぱり、和食とかのほうがよかった？」

「そ、そんなことないですっ。めちゃくちゃ美味しそうですよ。あ、あの、もう食べてもいいですか？」

「ええ、どうぞ」

玲奈がお茶を注ぎ終えるより早く、守はせいろのなかに手を伸ばしていた。

「アチ、アチッ……はむっ。……んむぅ〜っ♪」

手にした中華まんを口に入れた瞬間、アツアツの肉汁がジュワッと口のなかいっぱいにひろがる。守は若干口のなかが熱さでヒリヒリしたのにも構わず、次々に点心にかぶりついていった。

「あむ、はむっ！　ふむ〜っ、めひゃめひゃおひひいれふっ。……ふぐっ、ゲホエホッ！」

「キャッ。だ、大丈夫？　落ち着いて守くん。もっとゆっくりよく嚙んで食べなきゃダメよ」

勢いこんで口につめすぎむせてしまった守に、玲奈はあわてて背中を擦りお茶を手渡す。しかし守はお茶で口のなかのものを流しこむと、再び猛然とかぶりつきはじめた。

「男の子の食欲って、すごいのね……」

その旺盛すぎる食欲に圧倒されながら、隣の椅子に腰をおろした玲奈は組んだ手に頬を乗せて、守の食事の様子を感心して見つめていた。

「はぐ、あむっ。……ゴクンッ。玲奈先生はこういうの、よく作るんですか？」

「よくってわけではないけれど。母がなんにでも興味を示す人で、前に飲茶用の食器や道具をまとめて大量に買ってきたことがあったの。昨日、チャイナドレスを着ると決めた時に、そのことを思いだして」

「そうなんですか。はむっ、もぐもぐ。当たり前ですけど、コンビニで売ってるのとは全然違いますね。学食とも比べ物にならないし、この豚まんなんか、前に中華街に行って食べた有名店のよりも美味しいくらいです」

「そんな。褒めすぎよ」

「本当ですよ。この餃子だって、皮の食感が最高で、何個だって食べられちゃいます。……あ」

嬉しそうに蒸し餃子を頬張っていた守が、なにかに気づいたのか、ピタリと手をとめる。その様子を見て、玲奈が不思議そうに小首を傾げる。

「どうしたの？」

「いえ、あ、あの……。あんまり餃子をいっぱい食べたら、口がニンニク臭くなるかなって……」

「大丈夫よ。その蒸し餃子にはニンニクは入っていないから。それに、栄養バランスを考えて全体的に野菜を多めにしているの。口臭が気になることはないと思うわ」

「そ、そうですか。よかった。あんまりニンニク臭かったら、玲奈先生にいやがられちゃうかと思って……あ、あわわ」

玲奈の言葉に安堵した守は、つい玲奈の唇を見つめながらそう呟いてしまい、あわてててゴニョゴニョと言葉を濁した。玲奈もまた、その様子から守が食事の後にキスを想定しているであろうことに気づいてしまい、頬がカアッと朱に染まる。

「さ、さあ。まだまだたくさんあるから、どんどん召しあがれ」

「は、はいっ。あ、玲奈先生も一緒に食べましょうよ」

「そうね。君の食べっぷりがすごくて、つい見惚れてしまっていたわ。私もいただくわね」

そうして二人は談笑しながら、楽しい一時を心ゆくまで満喫したのだった。


飲茶の時間を終えた二人はリビングに移動すると、向かい合ってそれぞれソファに座り、ふくれたお腹を休めつつゆったりとくつろいでいた。無意識であろうか、玲奈はそのほうが楽なのか長い脚を組んで座っており、スリットから大きく美脚がのぞいてしまっている。守は玲奈と会話に花を咲かせながらも、時折チラチラと露わになった白い太腿を盗み見ては胸をドキドキと高鳴らせていた。

「守くん。古文の点数、かなり悪かったんですってね。小池先生が嘆いていたわよ。数学ばかりじゃなく、まんべんなく勉強しないといけないわ」

「ご、ごめんなさい。古文の授業って、どうしても眠くなっちゃって……」

「ダメよ。しっかり授業を聞かなくちゃ。授業中に居眠りなんてされたら、先生方だって傷つくわ」

「それはそうなんですけど……あ～、玲奈先生が古文の先生ならなあ」

思わずそうもらした守は、しかしその思いつきがなかなかのアイディアであることに気づく。

「そうだっ。古文のわからないところも玲奈先生に聞きに行っていいですか？」

「えっ。ええ。高校生の範囲なら、私でも教えられると思うけれど。でも、やっぱり専門家の小池先生に質問したほうが……」

「いやっ。僕、玲奈先生が教えてくれるなら頑張れそうな気がするんですっ」

守が期待に瞳を輝かせて玲奈を見つめる。せっかく出たやる気をわざわざ削ぐこともないだろうと、玲奈は仕方なく承諾した。

「わかったわ。なにかあったら、私に質問に来なさい。でもその代わり、授業は真面目に受けること。なんでも私に教えてもらおうと思ってはダメですからね」

「はいっ。僕、頑張りますっ」

「フフ。素直でよろしい」

守の元気な返事に、玲奈はゆっくりとうなずき微笑みを浮かべた。しかし、ふと玲奈の視線がさがり、その瞳がフッと曇る。

「玲奈先生、どうしたんですか?」

守の質問に、じっとテーブルを見つめてしばし沈黙していた玲奈は、視線を落としたままポツリと呟いた。

「……私、教師を辞めようかと思っているの」

「ええっ!? ど、どうしてですかっ!」

突然の告白に、守は驚きのあまりその場を立ちあがり、大声で尋ねる。玲奈は視線を落としたまま、ポツポツと語りだす。

「式守の宿命を継ぐことは、別に教師じゃなくてもできるもの。私はお祖父様が築き、そして私自身も学生時代を過ごしたこの学園が好きだから、この学園の教師になった。けれど、私の身体が今のように守くんに頼らなければいけないような状態である以上、私はやっぱり教師をつづけるべきではないのだわ」

「そ、そんなっ。そんなのダメですよっ。それに、それじゃ僕に勉強を教えてくれるっていうさっきの話はどうなるんですかっ」

「守くんさえよければ、君専属の家庭教師になろうかと思うんだけれど、どうかしら？」

「えっ……」

玲奈が守の専属家庭教師になる。その魅惑の響きに一瞬言葉を失った守だが、首をブンブンと横に振ると玲奈のその案を否定した。

「そ、そういうことじゃなくてっ。先生、あんなに教師っていう仕事に誇りとやりがいを持って、楽しそうにしていたじゃないですか。僕が数学を好きになりかけているのだって、先生が教えてくれているからなんです。僕以外にもきっとそんな生徒はたくさんいるはずです。だから、辞めるなんてダメですよっ！」

「……でもダメ。ダメなのよ。私には、教師をつづける資格がないの……」

どこまでも己を否定しつづける玲奈に、守は必死に訴えつづける。

「資格がないなんて、そんなことないですっ。宿命のせいで身体がおかしくなったのはみんなを守るために仕方がないことだし、それに先生は教えることが上手で、そして大好きじゃないですか。玲奈先生は立派な教師……」

「……好きなのよっ！」

俯いたまま突然そう叫んだ玲奈に、守は思わず言葉を呑みこむ。

「玲奈、先生……？」

「好きなの……守くん。君が好きなの。私は君を愛してしまっているのっ！」

「え……。玲奈先生が、僕を……？」

玲奈の突然の告白。そのあまりの衝撃に足がガクガクと震え立っていられなくなり、守はストンとソファの上に尻をつく。

「初めは淫気を浄化するためにと、君と体を重ねていた。でも、何度も体を重ね、そして一緒の時間を過ごして、君の優しさを知っていくうちに。……いつの間にか、君の存在は私の胸のなかでどんどん膨らんで。いつしか私は、君のことを本当に好きになってしまっていたの」

チャイナドレスの胸もとをギュッと握り、玲奈は苦しそうに、心の内に秘めていた本当の気持ちを吐きだしてゆく。

「確かに守くんの協力で、体内の淫気は浄化されてきた。けれど代わりに、私の心は君でいっぱいになっていったの！　授業中も平静を装ってはいるけど、本当は君のことばかり目で追ってしまう。他のクラスの授業を受け持っている時も、早く放課後になって君に愛されたいとばかり考えてしまっている私がいるの。こんな自分勝手な女、教師失格よっ！」

そう自分を卑下する言葉を吐き捨て、肩を震わせる玲奈。俯いた顔から、滴がポタポタと垂れ落ちる。

玲奈が自分との関係に思い悩んでいたのは守も痛いほどわかっていた。しかしそれは体に関してだけで、心は守をパートナーとして割りきっているとばかり思っていた。

だが、玲奈をより苦悩させていたのは、心のほうであったのだ。

「守くん……。私は憧れたような教師にはなれなかったけれど、でも君の恋人には、ちゃんとなれるかしら……。それとも、こんな情けない女は……君の恋人になる価値も、やっぱりないかしら……」

玲奈が顔をあげ、瞳に涙をいっぱいに溜めて、そう尋ねてくる。守はゆっくりと首を横に振り、両手を伸ばして、膝に置かれ固く握りしめられた玲奈の手をそっと取る。

「そんなこと、ないですよ。あの夜にも、言ったじゃないですか。僕は、ずっと玲奈先生に憧れていて、そして、好きだったって。たとえ玲奈先生が教師じゃなくなったとしても、それは絶対に変わらないです」

「守くん……ありがとう……」

守の答えを聞き、玲奈はそっと瞳を閉じる。玲奈がどれだけ悩み苦しんだかが痛いほど伝わっただけに、このまま抱きしめ唇を重ね、玲奈の傷ついた心を癒してあげたいという想いが湧きあがる。しかしその一方で、玲奈が本当にこのまま教師としての夢を諦めてしまっていい訳がないと、そう思う自分もいる。

それでも今は、一刻も早く玲奈を癒してあげたい。そう思った守は、ゆっくりと唇ンになる。
突然女性の声が室内に響き渡り、電源がオフになっていたはずのテレビがパッとオ
『話は聞かせてもらったわ！』
を近づけてゆく。二人の唇が触れ合おうとした、その瞬間。

った。
た。ついでに言えば、理事長もなぜか真っ赤なチャイナドレスに身を包んでいたのだ
なんとテレビには、腕組みをして仁王立ちしている理事長の姿が大写しになってい
「理事長先生っ!?」
「マ、ママッ!?」

たけれど、まさか教師を辞めようと考えていただなんてね』
『……ふう。生真面目な玲奈ちゃんのことだから思いつめているだろうとは思ってい
呆れたようにため息を吐く理事長に、玲奈が顔を真っ赤にして食ってかかる。
「ママ、ひどいわっ！　こんな、盗聴していただなんてっ」
『あら。私だって本当は玲奈ちゃんと守くんのラブラブっぷりをこっそり楽しむだけ
のつもりだったのに、まさかこんな話を聞かされるとは思っても見なかったわ』
玲奈に睨みつけられても、理事長は悪びれもせず、そう言うと肩をすくめた。

『玲奈ちゃん。この際、はっきり言わせてもらうけれど……貴方、何様のつもりなの？』

逆に理事長に睨まれて、そのあまりの迫力に玲奈は思わず怯んでしまう。

『貴方はまだ、たかだか二年目を迎えたばかりの新人教師でしょう。まだヒヨコもいいところだわ。それを、勝手に思いつめて教師失格だなんて。思いあがるのもいい加減にしなさい！　もともと貴方はまだ、教師としては未熟も未熟。貴方は失格どころか、まだスタートラインにも立てていないのよ！』

あまりの言われようにショックで茫然自失になっている玲奈を見て、守があわててフォローに入る。

「そ、そんなことありません。玲奈先生は立派な教師ですっ」

『おだまりなさい!!』

「はいぃっ！」

しかし守も理事長の一喝の前に、二の句を継げなくなってしまう。

『……玲奈ちゃん。貴方が目指している教師というのは、一朝一夕になれるものではないでしょう。今はまだ、教師として一歩ずつ階段を上っているところ。なら、ここで諦めずに、前だけを見て上りつづけなさい』

「でも……こんな状態で教師をつづけるなんて、生徒たちに申し訳なくて……」

先ほどまでの厳しさとはうって変わった理事長にそう優しく諭されるも、玲奈は答えを見つけられず、柳眉を苦悩に歪ませている。

『ならばなおのこと、その苦悩に打ち勝って見せなさい。立派な教師になりたいんでしょう。守くんに恋い焦がれながら、学園では教師としてきちんと務めあげる。そのくらいのことができないようでは、一人前の教師になどなれはしないわ』

理事長の言葉に、守の目から鱗が落ちる。守は苦悩する玲奈を救うことしか考えていなかった。しかしそうではなく、玲奈は自らの弱い心に己一人の力で立ち向かわねばならなかったのだ。

『人は誰しも恋をするものよ。そして、恋をしたからこそ学ぶこともあるの。……初めての恋だから、玲奈ちゃんが不安で押し潰されそうなのもわかる。けれど、逃げてはダメ。いつか恋の相談を生徒から受けた時に、答えられないようでは、立派な教師とは言えないでしょう？　大丈夫。この経験は、貴方が立派な教師になるためにきっと役に立つわ』

「ママ……ううん、理事長先生……」

教師の先輩からの言葉に、玲奈はだいぶ救われたようだった。悲嘆にくれていた美貌に、今はうっすらと希望の光が射している。

『それに、式守学園は、教師と生徒の恋愛を禁止していないの。生徒手帳のどこにも、そんなことは書いていないわよ。後で確認してごらんなさい。もちろん不純な交際は認められないけれど、それが純粋な恋なら、私は断然応援しちゃうわ。ただ、他の学生たちの前でおおっぴらにイチャイチャはしないでね。目の毒だから』

「そ、そんなことしないわ」

玲奈が頬をポッと赤らめて否定する。こういう反応を見せるということは、教職をつづける意志があるということだろう。守はホッと胸を撫でおろす。

『それじゃ、お邪魔虫はそろそろ退散するわね。よい先生は、オンとオフの切り換えも大切よ。今夜は二人とも、しっかり頑張ってね。ああ、そうそう。さすがに寝室には盗聴器は仕掛けていないから、安心して』

「も、もう、ママッ！」

『それじゃ守くん、玲奈ちゃんのこと、ヨロシクね～』

理事長は守に向かって手を振ると、顔を真っ赤にして怒る玲奈から逃げるように、テレビ電話を切ってしまった。

「……叱られちゃった」

玲奈はふぅとため息を吐くと、ポツリとそう呟いた。

「フフ。あんなふうにママに叱られちゃうんだもの。確かに教師としても未熟よね」

玲奈は自嘲気味に笑う。守は玲奈の隣に腰をおろすと、改めてその手を取り、ポッポツと語りだす。

「玲奈先生。実は僕も、考えていることがあったんです。もし僕が先生の教え子でいることが先生を苦しめてしまうなら……学園を、辞めようかって」

「そ、そんなっ？」

驚きにハッと顔をあげ、玲奈は守の顔を見つめる。守もまた玲奈と同じことを考えていたのだと知り、自分だけが苦悩のなかにあるように思っていた自分が恥ずかしくなり、玲奈は悲痛な表情を浮かべる。しかし守は、そんな玲奈に静かに微笑む。

「でもそれじゃ、玲奈先生は余計に苦しんじゃいますよね。教え子を辞めさせておきながら自分は教師をつづけるなんて、って。……だから、僕は決めました。僕も、先生と一緒に頑張ります。玲奈先生は、教師をつづけてください」

守はそう告げると、玲奈の手をギュッと力強く握る。

「僕、誰にも文句を言わせないくらいの、玲奈先生の自慢の生徒になります。そして、学園のなかでは一人の生徒として行動します。だから玲奈先生、これからも僕の先生でいてください」

守はまっすぐに玲奈を見つめる。そして玲奈は小さく、しかりはっきりと、コクンとうなずいた。

「私はまだ、未熟な教師。守くんのことが愛しくてたまらなくて、またなにも手につかなくなってしまうかもしれない。でも、君と一緒なら、頑張れる。だからお願い。これからも私を、支えてください」

玲奈がそっと瞳を閉じる。守はゆっくりと顔を寄せ、今度こそ迷いなく、その唇に唇を重ねた。

「……守くん。また月曜日からちゃんと教師でいられるために、今夜は貴方の恋人になってもいい？」

守の胸に顔を埋め、玲奈が恥ずかしそうに尋ねる。その愛らしいおねがいに、守は大きく首を縦に振る。

「もちろんです。僕も今夜は、玲奈先生の恋人でいたいです」

守はギュッと包みこむように玲奈を抱きしめる。玲奈は守の胸にすがりつき、頬をすり寄せた。そんな甘えた仕草をしてしまう自分に驚きつつ、玲奈は胸をときめかせる。

（アァ……これが、恋なのね。……本当は、許されないことかもしれない。けど、自分のためだけじゃない、守くんのためにも、私はこれからも教師でありつづける。そしていつか必ず、一人前の教師になってみせるわ）

今はまだ、数学という学問を教えるだけの未熟な存在。しかしいつか必ず、本当の教師になってみせる。そう玲奈は心に誓うのだった。

Lesson7

心を結ぶ騎乗位ダンス

この日、玲奈は初めて自室に守を招き入れた。シックな色合いで統一された室内と、過度な装飾品を置かぬなかで壁際に置かれた本棚にぎっしりとつまった蔵書の数に、玲奈の性格がよく現れている。そんな玲奈が、守のために艶やかなチャイナドレスに身を包んでいるというその状況が、守を興奮で高ぶらせる。

玲奈は守の手を取りベッドの前までやってくると、手ずから守の制服を脱がせはじめる。守もシャツのボタンをはずそうとしたが、しかし玲奈の手が守をそっと制止する。

「守くん。今夜はすべて、私に任せてほしいの」

「は、はい……」

しっとりとした声音で玲奈にそう囁かれて、守はコクコクとうなずき、ボタンから手を放す。そして玲奈は再び、守の制服を脱がしはじめる。

シャツを脱がせ、ベルトをはずしてズボンをおろし、さらに玲奈はパンツまでもゆっくりとおろしてゆく。玲奈に服を脱がせてもらうという興奮に、ガチガチに勃起して反りかえった守の肉棒が、玲奈の眼前でブルンッと大きく震えた。

濡れた瞳で天を突く怒張を見つめつつ、玲奈は守のズボンをおろしきる。そして守をベッドにあお向けに寝かせると、靴下も片方ずつゆっくりと脱がせてゆく。柔らかなベッドから仄かに立ち昇る玲奈の香りと、言葉通りすべてを自らの手で行おうとする玲奈の献身的な姿勢への感動で、守の胸がいっぱいになる。

玲奈は守の右側に膝を崩して座ると、上体を倒し、守の瞳を覗きこみながら両手でサワサワと守の頬を撫でる。シルク製の青い長手袋のなめらかな感触に、守は心地よさにプルプルッと体を震わせた。

「守くん……愛しているわ……ン……チュッ」

玲奈はそっと愛を囁くと、静かに瞳を閉じ、自ら守の唇に唇を重ねた。

(アァ……私、キスしてる。自分から、キス……。恋人の守くんと、キス……)

玲奈は唇を重ねたまま、恋人同士としての初めてのキスの、その幸福感にしばしうっとりと酔いしれる。そして玲奈はおずおずと舌を伸ばし、守の唇をチロチロと舐めはじめた。チロチロ、チロチロと少しずつ守の唇を舐めあげてゆくと、やがて守の唇が玲奈の唾液でテラテラと淫靡に濡れ光る。すると玲奈はさらに舌を伸ばし、守の唇をヌプヌプと割り裂いて、舌先を口内へ侵入させた。

「ンン……チロチロ、チュゥッ……守、くん……ネロネロ、チュパッ」

（私、舐めてる。守くんのおくちのなかを、いやらしくペロペロって……。恥ずかしいけれど、でももっと、たくさん舐めて守くんをいっぱい感じたいの……）

玲奈は守の歯や歯茎までもペロペロと舐めまわす。守が大きく口を開くと、玲奈は唇をさらにムチュリと押しつけ、守の内頬や上顎、下顎もテロテロと舐めまわしてゆく。

玲奈の鼻からもれて吹きかかる息の熱さが、玲奈がいかに恋人同士の濃厚な接吻に興奮しているかを守に伝えてくる。

（玲奈先生が自分から、僕の口のなかを舐めてる……。あんなにうっとり、気持ちよさそうに……くうぅっ）

守が教えた恋人同士の情熱的なキスを、玲奈が自ら行っている。守はこの状況にたまらない興奮を覚え、肉棒の先端からカウパーをトプトプと溢れさせた。

濃厚な舌キスをつづけているうちに、玲奈自身の舌も快楽にジンジンと痺れだす。閉じ合わされた瞼はフルフルと震え、吐息がいっそう熱を帯びる。

（アァ、キス、きもちいい。舌が蕩けそう。唾液が溢れてとまらずに、守くんのおくちのなかをベトベトにしてしまっている。でも、やめたくない。もっともっと、熱いキスをたくさんしたいの……）

玲奈がチョンチョンと舌先で守の舌を突つくと、守は玲奈の意図を察し、舌をぐっと前にせりだした。すると玲奈は自らも舌腹を押しつけ、守の舌にグリグリと擦りつける。その瞬間、玲奈の肢体がピクピクッと快感に震えた。

「ンアァッ、イクッ。舌、イクッ。ディープキス、ベロキスで、イクのっ」

瞼をパチパチとしばたかせて、玲奈は舌で絶頂を迎えた。しかし玲奈はそれでも舌を押しつけるのをとめず、むしろさらにグイグイと突きだして、守の舌をネットリとねぶりあげる。

「ふあぁっ、イクッ、またイクッ。レロッ、ネチョォッ、ベロキスでアクメするっ。ネロネロッ、ズチョズチョォッ、ベロをズリズリしてアクメくるぅっ」

玲奈はさらに絶頂を迎え、それでも守にしがみついて離れず、唇をひしゃげるほどに押しつけ舌をネチョネチョと擦りつける。敏感すぎる玲奈にとって、絶頂中の舌を擦りつけるのは包皮の剝けたクリトリスを擦りあげるのに等しい。それでも玲奈はキスをとめず、守の舌に舌を絡めて、舐め、擦り、ねぶりあげた。

「ンアァァッ、イクッ、イクゥッ！　レチョレチョ、ネロォッ！　ネトネトの舌がヒクヒクしてるぅっ！　ベチョベチョ、ネロッネロッ、唾液塗れのいやらしいベロでっ、グチョズチョヌチョォ〜ッ、私、ベチョキスアクメすりゅうぅぅ〜っ！」

玲奈の身体がビクビクと大きく震え、淫裂からブシュブシュと飛沫があがり下着をグッショリと濡らす。玲奈はそれでも守に唇と舌をムチュムチュと押しつけたまま、瞳を揺らめかせて深い絶頂に溺れた。

「はあぁ……。玲奈先生の恋人キス、とても気持ちよかったです。ネットリと情熱的で、僕、すごく興奮しちゃいました」

守は玲奈の黒髪を撫でサラサラの感触を手のひらで堪能しつつ、唇を押しつけたまま呆けている玲奈にそう語りかけた。

「うれひぃ……。ねえ、守くん、わたし、なってる？　守くんとのネチョネチョ恋人キスで、ちゃんとアへ顔になってるかしら……」

玲奈がそう尋ね、弛緩した身体をゆっくりと起こす。確認するまでもなく、蕩けた瞳といい、唾液に塗れてのぞいたままの舌といい、まさにアへ顔そのものであった。

「はい。すごく気持ちよさそうで幸せそうなアへ顔をしてます」

「そう……よかった……ウフフ。それじゃあ今度は、守くんの体を、たくさんサワサワ、ペロペロさせてね……」

玲奈は艶然と微笑むと、四つん這いの体勢でゆったりと移動し、守の腰の上に馬乗りになる。そして両手を伸ばし、守の体をサワサワと撫でまわしはじめる。

「うっ、くぅっ……。玲奈先生、それ、気持ちいいです。手袋のスベスベした感触が、全身を優しく這いまわって……ゾクゾクしちゃいますっ」

「うれしい……いっぱい感じてね……。私も、守くんの体をナデナデするの、きもちいいの。ツルツルした感触と一緒に、手のひらいっぱいに守くんの体の感触と熱さがひろがって……ハァン……こうしているだけで、とろけてしまいそうよ……」

玲奈はうっとりと守の肉体を撫でまわす感触に酔いしれる。頬から首。肩に二の腕。胸板から脇腹そしておなかまで、玲奈は優しく優しく守を撫でまわす。

何度も何度もその手を守の体に這いまわらせながら、手の動きはそのままに上体を倒す。そして舌を伸ばすと、守の全身をチロチロと舐めあげる。

「くあぁっ。両手だけじゃなく、舌でもだなんてっ。うぁっ、おっぱいや脚もスリスリしてるぅっ」

玲奈は守の首筋をレロレロと舐めつつ、両手で守の胸板を円を描くようにゆるやかに撫でまわし。豊かな乳房をチャイナドレス越しに守のおなかにスリスリと押しつけながら、その長い美脚を守の足に絡みつかせてサワサワと擦りつける。

玲奈は次々と愛撫のターゲットを変え、守の上半身をじっくりねっとりと愛しつくしてゆく。直接的な刺激でこそなかったものの、その体に何層も何層も快感を積み重ねられ、守は興奮で脳髄がグラグラとゆだってしまっていた。

「ウフフフ……。守くんの乳首、こぉんなにピンピンになっちゃってる。とっても気持ちよさそう……。もっともっと、たくさん気持ちよくなってほしいの……」

玲奈は大きく口を開けると唾液に濡れた舌をベロォンと垂らす。そしてネチョォッと粘着質な音をたてて、守の乳首どころか乳輪までも舌全体で覆ってしまう。

「うあぁぁっ！　そ、それ……すごいよぉ……」

それが快感なのかどうかもわからないまま、守はただそのネットリと粘着質な感触に圧倒される。玲奈は守の脇腹をサワサワと撫でまわしつつ、守の乳首の上でネロネロと舌を舞い躍らせた。

「レロッ、ネロォォ……ウフフ……チロチロ、チュチュゥッ。守くんの乳首、私の唾液でネトネトにしちゃった……コリコリ、ペロペロッ」

「ふあぁぁっ、そんなに舐めちゃ……んんぅっ、歯を立てないでくださいぃっ」

「ネロォン……あら、どうして？　こんなに気持ちよさそうなのに。私、守くんにも、乳首の快感を知ってほしいの……レロレロッ、レロォンッ。私のエッチなベロで、たくさん気持ちよくなって……ベロッベロッ、ムチュ、チュウゥ～ッ」

「んひぃぃ～っ。乳首吸われるの、すごい、すごいぃ～っ」

玲奈の濃厚な舌奉仕に、守の乳首はどんどん性感帯として開発されてゆく。そして玲奈自身もまた、守がくすぐったさと快感の入り混じった感覚に体をよじる様を眺め

ているると、ますます身体が高ぶってくる。休むことなく動きつづけている玲奈の舌が、いつしかヒクヒクと震えだす。

「ふあぁぁっ、守くんの乳首をペロペロしていたら、私の舌もジンジン痺れてきちゃったのぉっ。私、イッちゃいそう。守くんの乳首をペロペロしながら、イッちゃうわぁっ」

「うあぁっ、僕も、僕もなにか変なんですっ。乳首がピリピリして、すごいぃっ！」

ともに未知の快感の予兆を感じる二人。玲奈は守の勃起した乳首に舌腹をベチョッと押しつけると、舌をグネグネと蠕動させる。それは同時に玲奈の敏感な舌をコリコリの突起で刺激されることにもなり、湧きあがる快感に玲奈の腰がクネクネと淫靡に揺すりたてられる。

「アァァッ、イクッ、舌がイクゥッ。守くんの乳首、ネチョネチョ舐めながら、イッちゃうのぉっ。ベロズリアクメ、きちゃうのぉ～っ」

「あうぅっ、僕も、僕も変になっちゃいますっ」

玲奈は限界まで垂らした舌で、守の乳首をゾリゾリと激しく擦りあげる。その瞬間、二人の快感が同時に爆発した。

「うあぁ～っ、乳首っ、乳首ぃ～っ！」

「ンアァァァッ、イクッ、ベロイクゥ～ッ！　コリコリ乳首で、ベロがヒクヒクイッてるぅっ。イクッイクッ、乳首ナメナメしてベロアクメしゅるぅ～っ！」

玲奈は再び超敏感舌で絶頂を迎え、同時に守も射精こそしなかったものの同等の快感を乳首で味わっていた。

玲奈は舌アクメの余韻に浸りつつ、守の胸板に熱い吐息を吹きかけ、頬をスリスリと擦りつける。未知の快感に天井を見つめてしばし呆然としていた守は、視線をおろして玲奈の顔を見つめた。

「玲奈先生……。僕、乳首で気持ちよくなっちゃいました……」

「そう。よかった……。わたしも、守くんの乳首をペロペロしながら、アクメしちゃったわ……」

「わかります。玲奈先生、今も、アへ顔しちゃってますから……」

「アァン、やっぱりそうなのね……。私、乳首を舐めても舐められてもアクメしてアへ顔になっちゃう、いやらしい女なのね……」

そう呟くものの、その顔に苦悩は浮かんでいない。何度も体を重ねるうちに、守は玲奈が淫らであればあるほど喜んでくれることに気づいていたのだ。

（これが、奉仕の快感なのね。守くんに奉仕をして喜んでもらうと、とても幸せな気持ちになるの。もっともっとしてあげたい。もっともっと、気持ちよくなってほしいわ……）

その肢体の常識を超えた鋭敏さゆえに、玲奈にとって奉仕とは、精神的充足を得られるばかりでなく直接的な快感と絶頂までもを得られる至高の求愛行為となっていた。

奉仕の快感に目覚めた玲奈は、のろのろと起きあがると、官能にしっとりと濡れた瞳を妖しく輝かせる。恋人に愛を注ぐ喜びを知ったことでムンと色香を増した玲奈を、守は胸をゾクゾクと震わせつつうっとりと見つめていたのだった。


ベッドにあお向けになった守の腰の下にクッションを入れ、玲奈は守の股間をより高い位置にせりださせる。そして守の股の間に膝を折って座り、上体を倒してそそり立つ肉棒にその美貌を近づけた。

「アハァ……守くんのオチ×ポ、こんなに大きく硬くそそり立ってる。カウパーをタラタラ溢れさせて、クラクラしちゃうくらい濃厚ないやらしい匂いを、ムンムン撒き散らしているのぉ」

玲奈は小鼻をヒクヒク震わせ、天に向かいそそり立つ肉棒の周辺をスンスンと嗅ぎまわる。淫臭で鼻腔を焼かれるたびに、目尻は蕩け、口もとは緩み、舌が垂れさがる。

「玲奈先生、すごい……。チ×ポ臭を嗅いでるだけで、あんなにトロトロのアヘ顔になっちゃってる……」

「アァ、そうなの……。玲奈はオチ×ポ臭でアヘ顔になっちゃう、いやらしい女なの……。守くん、見て……スン、スン……守くんのオチ×ポ臭の虜になってしまった、玲奈のいやらしいアヘ顔見てぇぇ……」

玲奈は守に見せつけるように、カウパーから肉棒、さらには睾丸の匂いまでも嗅ぎまわる。そしてとうとう、肉臭に蕩けきったアヘ顔を守にジッと視姦されつづけた玲奈は、ヒップをクネクネと揺すりたてながら全身をヒクヒク痙攣させた。

「ふあぁぁ、イク、イクゥッ。玲奈、オチ×ポ臭でイクウゥゥ〜ッ」

玲奈は匂いだけで絶頂し、カクンと力なく首を垂れて守の股間に顔を埋めた。

「アァァ、イク、またイクゥ……。熱いオチ×ポ、顔に当たってる。陰毛が、タマタマが、お顔に擦れてぇ……。はへぇ、イクゥ……お顔が火照って、イクのぉ……」

肉棒に顔を擦りつけ、熱い吐息を吹きかけ、トロトロに蕩けたアヘ顔で絶頂する玲奈。肉棒越しに見えるたまらない視覚効果に、守はそのかすかな感触だけでも肉棒が暴発しそうになってしまう。

「玲奈先生、イッちゃった……。チ×ポ臭で、イッちゃったんだ……」

今すぐ玲奈の口に肉棒を突っこみ思うまま射精したい。そう思いつつも、まだ見たことのない玲奈の痴態を見るまではと、守は懸命に射精欲求に抗いつづけた。

「アハァ……見られちゃった。守くんに、玲奈のはしたないチ×ポ臭アクメ、見られちゃったわ……」

しばし守の股間で呼吸を整えていた玲奈が、ようやく頭をあげる。しかし肉臭に嬲られつづけたその顔は、落ち着きを取り戻したというより、より深い快楽の沼にはまりこんだかのようであった。

「今度は守くんのオチ×ポを、ナデナデさせて……。熱い感触を、手のひらいっぱいに感じさせてほしい……」

玲奈は勃起した肉棒に手のひらをそっと当て、握りはせずにそのまま全体を余すところなくサワサワと撫で擦る。

「うあぁぁっ。チ×ポッ、チ×ポ気持ちいいですっ。スベスベのサラサラがチ×ポ全体を包みこんで、優しく撫でまわされてっ」

「ウフフ……。守くんのオチ×ポ、ビクビクッてすごく暴れてる。とっても気持ちよさそう。もっともっとナデナデしてあげる……」

玲奈のフェザータッチは、肉幹だけでなく亀頭や睾丸をも優しく包みこむ。優しくももどかしい快楽を積みあげられつづけ、守は腰を浮かせてガクガクと暴れさせる。肉棒がブルブル震えてカウパーを撒き散らし、玲奈の美貌や手袋、チャイナドレスに付着して染みを作ってゆく。

「ああ～っ！　玲奈先生、僕もうガマンできませんっ。イク、イキますっ。ザーメン出ちゃいますっ」

「いいわ、出してぇ。玲奈のサワサワで、たくさんイッてぇ。オチ×ポナデナデして蕩けてる玲奈のアヘ顔に、守くんのあつぅいザーメンたくさん浴びせてぇ〜」

肉棒を撫でまわしながら、玲奈は甘ったるい声で射精をおねだりし、亀頭に蕩けきった美貌を寄せる。潤みきった瞳。肉臭に焼かれてヒクヒク痙攣する鼻。しどけなく開かれた口に、垂らされた唾液でぬめる淫靡な舌。最高のオカズ顔を前に、守の射精欲求が頂点に達する。

「うあぁぁ〜っ！　出るっ、出るぅ〜っ！　玲奈先生のアへ顔に射精する〜っ！」

ブビュビュッ、ズビュッ、ドビュビュビュビューーッ！

「ふあぁんっ！　あついっ、お顔あついぃ〜っ！　イクッ、イクッ、顔射でイクゥ〜ッ！　アへがお顔射で、アクメくるのぉ〜っ！」

大量の精液が尿道口から噴出し、玲奈の美貌をビチャビチャと汚してゆく。勢いよく白濁を塗りたくられながら、玲奈もまた絶頂を迎え、瞳をさまよわせ舌をヒクつかせる。

「んあぁぁっ、ザーメン、ザーメン〜ッ。玲奈のお顔、ドロドロなのぉ〜っ。アァァッ、イクッ、またイクゥッ。顔射アクメッ、ぶっかけアクメェッ。玲奈のザーメンアへ顔、イクゥゥ〜ッ！」

玲奈はおとがいを反らし、ヒクヒクと白い喉を震わせる。その美貌を白濁で覆いつくされ、玲奈は深い深い絶頂へと呑みこまれていった。

「くあぁっ……ハァ～……ハァ～……」

守はぐったりと全身を弛緩させ、射精の余韻を味わっていた。焦らしに焦らされ、快感を幾重にも高められての射精。強い刺激がなくともここまでの快感が訪れるものなのかと、ぼうっとした頭で考える。

「アン……私のお顔、ネトネトォ……。んあぁ～……チュウ。……んふぅっ！」

玲奈は頬に付着した精液を人差し指で拭うと、親指と何度かくっつけてニチャニチャと糸を引かせる。そして精液に塗れた指先を口内に運び、チュルッと吸いあげた。粘ついた精液をコクンと嚥下した瞬間、喉を通り抜けたドロドロの感触に玲奈はヒクッと肢体を震わせた。

「アハァ……守くんのオチ×ポ、こんなに射精したのに、大きくなったままね。今度は玲奈のおくちと舌で、気持ちよくさせてぇ。……ベロオォォ～ッ……ヒアァンッ」

玲奈は顔中に精液を貼りつかせたまま、大きく舌を垂らして肉棒をベロリと舐めあげる。奉仕をしているはずなのに、肉棒の熱と臭気が敏感な舌に染み渡ると、ゾクゾクと快感が走り抜けて思わず喘ぎ鳴いてしまう。

「ンアァ……レロッ、レロォ～ッ……。ネロネロッ、ベロッベロォ～ッ……ふあぁぁ……。ベチョォッ！　ネチョッ、レチョネチョォ〜ッ……はへぇぇ〜……」

玲奈はネロンネロンと舌を這わせ、守の肉棒を唾液でコーティングしてゆく。舌の上で弾ける絶頂に時折ヒクヒクと痙攣しながら、肉幹をテラテラに濡れ光らせ、亀頭も傘裏もじっくりとねぶりまわす。射精直後の肉棒にぬめるような快楽を送りこまれ、守はじっとしていられずに腰をカクカクと浮かせてしまう。

「うあぁぁ……イッたばかりのチ×ポ、そんなに舐められたらぁ……」

「アァン……守くんの気持ちよさそうな顔、とてもかわいいわぁ……。オチ×ポヒクヒクしてるぅ……私の舌も、ヒクヒクしてるのぉ……オチ×ポがおいしくて、ヒクヒク疼いてるのぉ……。レロッレロッ、ベロオォ〜ンッ……はふぅ……」

守の心地よさそうな顔に幸福感をかき立てられ、玲奈はよりいっそう愛情のこもった舌奉仕を繰りひろげる。今度は睾丸に舌を伸ばすと、皺の一本一本までネチョネチョと舐めねぶる。

「ハアァァ……守くんのタマタマ……。エッチなザーメンのたくさんつまったタマタマ、コロコロしていてかわいいのぉ〜っ……。ネロッネロォ〜ッ……はぷっ……チュチュウゥ〜ッ」

「うわわ、玲奈先生にキンタマ、レロレロされて……くはぁっ、しゃぶられちゃってるぅっ。玲奈先生がうっとりした顔で、キンタマチュパチュパ吸ってるぅっ」

「チュパチュパ、コロコロ……レルレル……ンッンッ、ンフウゥゥンッ……！」

守の目の前で、睾丸を頬張るすぼめられた玲奈の頬が、キュキュッと収縮する。そして玲奈の瞳の焦点がふわふわと定まらなくなる。

「あぁぁっ。玲奈先生、イッちゃった……。タマフェラしながら、アクメしてるっ。タマチュパアクメでアへ顔になっちゃってるぅっ」

「チュパチュパッ……チュルルッ、チュチュウゥッ……ンフゥン、ンフゥゥ～」

（ああ、守くんに見られちゃった……タマタマをチュパチュパしながらアクメするところ……タマチュパアクメ顔、見られちゃったのぉ……。アァン、見て、もっと見てほしいのぉ。玲奈のタマチュパアクメ、もっと見てぇ～っ）

玲奈は、はしたない行為でアへ顔を晒す自分を守に視姦されることに、悦びを覚えてしまっていた。その美貌を喜悦に蕩けさせ、玲奈はなおも睾丸をチュパチュパと音をたててむしゃぶる。そして玲奈は玉舐め奉仕をつづけつつ、自らの手でチャイナドレスの胸もとを開き、乳房をプルンと露出させた。そしてようやく、唾液でヌトヌトに濡れそぼった睾丸を口から放した。

「守くんのタマタマ、コロコロしてておいしかったわ……。次は、おっぱいで気持ちよくなってほしい……。守くんに教えてもらったパイズリで、オチ×ポを気持ちよくしてあげたいの……んふあぁぁっ……」

玲奈は自らの流線型に突きでた乳房を下から両手でそれぞれ掬いあげる。しかし手袋の滑らかな感触が柔乳を撫でただけで、クネクネと腰をくねらせ甘い声をもらしてしまう。それでも玲奈は快感を堪えつつ、乳房をグイと寄せて守の肉棒をしっとりと乳の谷間に包みこんだ。

「アァァン、オチ×ポあつぅい……おっぱいが、とろけちゃいそう……」

乳肉に肉棒が触れただけで、玲奈は蕩けそうな喘ぎをもらす。守は肉棒を包む柔肉のしっとりとした感触に腰を浮かせつつも、心配になり玲奈に尋ねる。

「玲奈先生、大丈夫ですか？　玲奈先生の敏感すぎるおっぱいじゃ、一人でパイズリは無理なんじゃ……。やっぱり僕も、手伝いましょうか？」

「アァン……ダメよ……。確かに私のおっぱいは、敏感乳マ×コだけれど……でも、今日は私が最後までしてあげたいのぉ……。ザーメンドピュドピュしてもらうまで、何回乳マ×コアクメしても頑張るからぁ……ン、ンアァ……玲奈のアヘ顔パイズリ、最後まで見ていてね……」

玲奈は守にそう告げると淡く微笑み、乳房を両手でプルンプルンと上下させながら、狭間の肉棒を撫で擦りはじめた。

「ンハアァ……きもちいい……おっぱい気持ちいい……。ンアァッ、イクッ、おっぱいイクゥンッ。……アァ、まだ、まだなの……もっともっと、パイズリするの……」

柔肉を熱い肉棒に擦りつけるだけで、玲奈はヒクヒクと軽い絶頂を覚えてしまう。それでも玲奈は懸命に、ゆっくりとではあるが乳奉仕をつづけてゆく。

乳肉に圧迫され揉みしだかれる強烈な快感とは違い、何度も何度も肉棒の表面を撫でられるもどかしいような快楽。しかし弾けて消える強烈な感覚とは違い、その快楽はゆっくりとゆっくりと積み重なってゆく。

玲奈の手で肉棒を撫でまわされ導かれたあの絶頂と、同等以上の絶頂が訪れることを期待し、守はただひたすらに来るべき絶頂に向けてもどかしさと快感に耐えつづける。

「ンアァッ、またイクッ、おっぱいイクウゥ……。アァ、乳輪、ぷくぷくにふくらんで……乳首も、クリトリスみたいにはしたなく勃起してるわ……。アンッ、また、またイッちゃう……。玲奈のスケベおっぱい、オマ×コみたいにアクメしつづけちゃうのぉ～」

絶頂の繰り返しにしっとりと汗ばむ乳肌。亀頭から溢れつづけるカウパー。玲奈の唇と舌から垂れ落ちた唾液。さまざまな液体で玲奈の乳房の谷間はヌトヌトに濡れそぼち、えもいわれぬ快楽を守の肉棒に送りこむ。

「アハァァ……ヌチョヌチョおっぱい……。ほんとうにオマ×コになっちゃったみたい……。玲奈のお乳マ×コ、ズリズリするたびにグチュグチュッてオマ×コしてるみたいなエッチな音がして……ンァァァッ、またイクッ。セックスみたいなパイズリで、オマ×コみたいなおっぱいイクゥ～ッ」

何度も絶頂を繰りかえし、確実に守の肉棒に快楽を注ぎ入れてゆく玲奈の乳肉。アへ顔を晒しつづけながらのいじましすぎる奉仕に、守の興奮も頂点へと向かってゆく。

「うあぁっ、玲奈先生、僕もうイキそうですっ。乳マ×コでドピュドピュしそうですっ。このままイッてもいいですか？　また玲奈先生のアへ顔をザーメンまみれにしてもいいですかっ？」

「アァッ、待って……。もう一つ、してあげたいことがあるの……」

そう言うと、玲奈は守に見せつけるようにポッカリと口を開ける。唾液でぬらついた桃色の口内粘膜の、膣肉にも劣らぬ卑猥さに、守はゴクリと唾を飲みこむ。

「パイズリしながら、フェラチオもしてあげたいの……。おくちもおっぱいも敏感すぎるから、あまり激しくできないけど……。でも、大好きな守くんのオチ×ポを、優しく優しく包んであげたいのぉ……」

「わ、わかりましたっ、玲奈先生のパイズリフェラ、僕に見せてくださいっ。もうちょっとガマンしますから、エッチな玲奈先生をたくさん僕に見せてくださいっ」

コクコクとうなずく守に嬉しそうに微笑んで見せると、玲奈はゆっくりとまるで膣穴が肉棒を咥えこんでゆくかのように、ヌプヌプと肉棒を口内に呑みこんでいく。

「ンフゥゥ～……ムチュッ……ふむぅ……チュパッ……ンムウゥ～ンッ……」

守の肉棒の下半分が乳肉に、上半分が口内に埋まる。口内いっぱいにひろがる肉の味と淫臭に頬がフルフルと震えると、内頬に肉棒が擦れ、玲奈はそれだけで軽く絶頂してしまう。玲奈は絶頂しすぎて意識を飛ばさないように、ゆっくりゆっくりと頬肉で肉棒を緩やかに締めつけ、唇で肉幹をムニュムニュとなぞりあげる。

(守くんのオチ×ポで、おくちのなかがいっぱい……。おっぱいもとろけそうに熱いの……。私、おくちもおっぱいも、オマ×コになってしまったわ……。守くん……おくちマ×コとおっぱいマ×コ……私の二つのオマ×コに、たくさんたくさんアクメさせてぇ……)

肉棒をヌップリと口に咥えたまま、玲奈が上目遣いに守を見つめ、その愉悦に潤んだ瞳を訴えかけるように切なげに揺らす。そして玲奈は、今の自分にできる精いっぱいで、乳肉と唇と頬肉を使い肉棒をニュルニュルと撫で擦り、チュチュッと先端を吸いあげた。

「ふむむっ……チュチュゥ……ふむむむぅ～んっ……！」

その瞬間、玲奈はまた絶頂を迎え、瞳がクルンと裏返る。そして守もまた、溜まり溜まった快感と玲奈への想いが肉棒のなかで暴れ狂い、尿道口から飛びだした。

「くあぁぁぁーっ！　出るっ、出るぅっ！　ザーメン出るうぅぅーっ！」

ドビュドビュッ、ブビュビュゥッ、ズビュブビュビュビュー ッ!

「ふももっ!? んぼっ、んぶっ、むぷぅぅぅーーっ!!」

玲奈の口内で次々に噴きだす、大量の精液。絶頂中の喉奥と頬肉を灼熱の粘液で焼かれつづけて、玲奈の脳髄がグチャグチャに沸騰する。玲奈の小さな口はあっという間に許容量をオーバーし、唇からブポッと溢れでた白濁が、ビチャビチャ垂れ落ち乳肌を焼く。

「んむむふぅぅーっ! イキュッ、イキュゥッ! ぼぶっ、ぶぽっ……くひマ×コイキュッ! ちちマ×コイキュゥッ! うぶぶっ、ぶぇぇっ、のどマ×コイクぷぅぅぅーっ!」

体内のすべての液体が吸いあげられるような快感を味わいながら、守は玲奈の口内に精液を吐きだしつづける。玲奈は裏返った瞳を激しく震わせて、絶頂の階段を引きずりあげられる。その唇からはビュプビュプと白濁が溢れつづけていた。

「ふあぁーっ……はあぁーっ……」

魂まで吸いつくされるような長い長い射精を終えた守は、脳髄にじんわりとした痺れを感じつつ、ただ天井を見つめていた。しばらくそうしていると、あれほど強烈だった射精の快感も、やがてゆっくりと引いていった。

守はゆっくりと首を曲げ、股間に視線を送る。そこではいまだ屹立したままの肉棒を咥えたまま、玲奈が気を失っていた。その麗しき唇を肉棒でぐっぷりと割り裂かれ、濃厚すぎる精臭に小鼻をヒクつかせ、眉根は垂れさがり瞳は焦点を失っている。気品ある美貌を崩壊させて肉欲に呑みこまれた玲奈に、しかし守は危うさと同居する絶妙の美を感じていた。

しばらくそんな玲奈の顔を見つめていると、ふと玲奈の頬がヒクッと動く。ゆっくりと焦点を合わせてゆく玲奈の瞳。悦楽に濡れたその瞳が、守の顔をぼんやりととらえる。そして玲奈は、口を、乳房を、少しずつ動かしはじめる。

「……守くんの、ザーメン……チュチュゥ……コクンッ。……ふぁ……イクゥ。……もっと、もっと……チュパッ……チュルッ……。おくちで、おっぱいで……守くんのオチ×ポ、きもちよくするの……コク、コクン……イキュゥッ……」

玲奈は絶頂に呑まれたまま、ゆるゆると奉仕を開始する。残滓を少しずつ飲み下し、唇と内頬で肉棒をいとおしそうに撫でまわし。精液塗れの乳肉で、ニュルニュルと肉幹を包みこみ優しくあやしてゆく。

守は全身を投げだしたまま、ただ玲奈の奉仕に身を任せ、その献身的な愛に酔いしれるのであった。

溢れすぎた愛液でグショグショになったパンティを脱ぎ去ると、チャイナドレス姿の玲奈が守の体の上にもう一度またがる。そして左手でスカートを捲りあげ、右手の指を二本使って淫裂をクニィッと割り裂いた。膣内に溜まっていた愛液がタラタラと垂れ落ち、淫靡な糸を引いて膣口の下で反りかえる肉棒に付着した。

「守くん……入れるわね……」

「はい……」

守はそっと肉棒の根元に手を添え、亀頭を玲奈の膣口が降りてくるであろう位置に合わせる。すると玲奈はゆっくりと腰をおろし、自ら膣口に亀頭をヌプヌプとはめこんでゆく。

「ふあ……ハアァ……アヒイィンッ！」

「くあぁっ！」

三分の一ほど膣穴に肉棒が呑みこまれたところで、湧きあがる快感に腰砕けになってしまった玲奈は、守の体の上にストンと腰をおろす。反りかえった肉棒が勢いよく膣肉をかき分け、膣奥をズンと小突きあげた。

「ヒアァ……アハ……あへぇ……」

玲奈は限界まで喉を反りかえらせ、突きだした舌をヒクヒクと震わせている。やがて繋がったまま、前のめりにクニャリと倒れこんだ。

「だ、大丈夫ですか、玲奈先生？」

守の胸板に頬を預け、強烈な絶頂にアヘ顔全開でぼんやりとしている玲奈に、守はあわてて尋ねる。

「ご、ごめんなひゃい……ゆっくり入れるつもりだったのに、力がぬけひゃって……。ズプゥッってオチ×ポ刺さって……オマ×コ、イッちゃったわ……」

吐息をもらしつつ声を震わせる玲奈に、守はブンブンと首を横に振った。

「そんな。謝らないでください。……玲奈先生、もうイキすぎて、身体が動かないんじゃないですか。ここからは僕が動きますから」

「ら、らめ……らめなの……」

守は玲奈を気遣いそう提案したが、玲奈はプルプルと首を横に振る。玲奈の頬と長い黒髪が胸板に擦れて心地よい。

「まだ、まだダメ……。オマ×コで、守くんのオチ×ポを気持ちよくさせてあげたいの……。セックスで、オチ×ポからザーメンを射精させてあげたいの……」

「で、でも……」

「わたし、だいじょうぶだから……。もう少しだけ、わたしにさせて……」

玲奈にそこまで言われては、断る理由はなにもない。守はコクンとうなずくと、再び玲奈に身を任せることにした。

「ありがとう、守くん……。それじゃ、動くわね……。ん、く……んぅ……くひぃぃい……」

玲奈がゆっくりと尻を持ちあげてゆくと、玲奈の蜜壺に亀頭の傘がゾリゾリと擦れてゆく。半分ほど抜けかけたが、玲奈はまた身体に力が入らなくなり、尻が落ちてパチンと腰と腰がぶつかってしまう。

「アヒィッ！……オ……オォ……」

再びニュボッと突き刺さった肉壺にかきだされ、結合部からブシャッと愛液が飛び散った。玲奈は目を剝き舌を伸ばして、強烈な快感にその美貌を引きつらせた。

それでも玲奈は再び尻をもたげ、守の肉棒を膣襞で撫であげてゆく。何度腰が落ちてもとめることなく、玲奈はゆっくりと腰を動かしつづけた。玲奈の切なげな喘ぎとパチュッパチュッと結合部で汁が弾ける卑猥な音が室内に響く。

「ま、守くん、きもちいい……？　玲奈のオマ×コ、きもちいい……？」

守の胸に頭を預けたまま、玲奈が声を震わせて尋ねてくる。緩みきってわなわな震える唇から、唾液がこぼれて胸板をテラテラと濡らしている。

「はい。気持ちいいですっ。僕のチ×ポ、玲奈先生のオマ×コに優しく抱きしめられて、ムニムニってたくさん撫でてもらって……。嬉しくてカウパーがいっぱい溢れて、玲奈先生のオマ×コがますますグチュグチュになっちゃってます」

玲奈の焦れったいような抽送により高められる快楽がいずれどれほどの絶頂をもた

らすかを、守は二度の射精でしっかりと覚えていた。ゆえに、すぐにでも跳ねあがりそうな腰を拳を握って動かぬように踏ん張り、ただ玲奈の与えてくれる快楽のみを求めてゆく。

「アァ、アン……。私も、わかるの……。子宮口にオチ×ポが、コツンて、当たるたび……アヒッ！　カウパーがピチャッてオマ×コのなかに飛び散って、気持ちよくて……ンアァ……おなかの奥から、ラブジュースがいっぱい溢れてきちゃうの……」

何度も絶頂に膣穴をヒクつかせ、それでも玲奈はその膣穴で肉棒を撫でまわす。緩やかな抽送のたびに、混ざり合った大量の愛蜜が溢れでて、二人の下腹部をベチョベチョと汚してゆく。

「ンオォォ……Gスポ、こすれ……イクッ！　ふあぁぁ……オマ×コの奥に、オチ×ポがグリグリィ……イクッ、イクゥッ……！」

瞳を蕩けさせ、舌を垂らして、守に快楽を送るためにゆっくりと腰を動かしつづける玲奈。やがて守の欲求も極限まで高まり、早く射精したいと訴えるかのようにビクビクと膣穴のなかで大きく脈打つ。

「オヒイィッ!?　オ……オァ……。オマ×コのなかで、オチ×ポがビクンビクンしてる……。守くん、もう、ガマンできないの……？　ンア、ハァァ……玲奈のオマ×コに、中出ししちゃうの……？」

ヒクヒクと絶頂に舌をヒクつかせつつ、潤んだ瞳で尋ねてくる玲奈のあまりの愛らしさに、肉棒だけでなく守の胸も極限まで高ぶってゆく。

「はいっ。射精したいっ、中出ししたいですっ！　玲奈先生のオマ×コに、ザーメン全部ぶちまけたいですっ」

「ウフフ……うれしい……。たくさん待たせて、ごめんなさいね……。思いっきり、私のオマ×コで……ンオォ……射精、してぇぇ……」

玲奈は最後の力を振り絞り、尻をゆっくりゆっくりと掲げて膣穴から肉棒をズルズルと引き抜いてゆく。途中何度も快感が弾けて腰が落ちそうになったが、それでも必死に踏ん張り、膣口に亀頭が引っかかった状態にまで引き抜くと。

「守、くん……好きぃぃ……」

玲奈の腰から力が抜け、肉棒がジュポンッと潤いきった肉穴に呑みこまれる。勢いよく滑る亀頭は膣襞をズリズリとかき分け、その先端が子宮口にガツンとぶつかった。

「ンヒイィィィーッ！　イクッ、イクウゥゥーッ！」

膣奥に走ったあまりの衝撃に、玲奈の上体が反動でガクンッとのけ反る。同時に膣肉がギュギュウッと締まり、やわやわと撫でまわされて快楽をたっぷりと溜めこんでいた肉棒をギュムギュムッと絞りあげた。

「くあぁぁーっ！　イクッ、イキますっ！　ザーメン出ますうぅーーーっ!!」

ドビュドビューッ、ブビュビュッ、ビュバビュバビュバッ!!

「アへエェーッ！　イクッ、オマ×コイクッ、中出しイクウゥゥーッ！」

絶頂の波が引ききる前に、さらなる高波に襲われて、高波は大津波となり玲奈の肉体のなかで暴れ狂う。途方もない絶頂に翻弄され、玲奈は全身がバラバラになりそうなほどにガクガクと激しく痙攣する。

やがてのけ反っていた玲奈の上半身が守の体の上に崩れ落ちた。玲奈の瞳は、苛烈すぎる快感の前に完全にクルンと裏返ってしまっていた。その凄艶なアクメ顔を息を呑んで見つめながら、守は絶頂に蕩けきった玲奈の膣内に何度も何度も精液を吐きだしていった。

長い射精が終わっても、守はただじっとして、玲奈の身体の温もりと膣内の締めつけを感じつづけていた。玲奈の肢体に数えきれないほど襲いきた絶頂の波も、ようやくゆっくりと引いてゆく。

それでも絶頂の余韻に快感がぶりかえし、玲奈はヒクッ、ヒクッと腰を跳ねさせ、そしてそれにより膣肉が肉棒に擦れ、また快感が生じる。玲奈はただ守の温もりを感じ、絶頂の暴風雨が過ぎ去るのを待ちつづけていた。

「玲奈先生……」

ようやく玲奈の腰の動きがとまったことを確認した守は、強い刺激を与えぬように気をつけつつ、玲奈の身体をそっと抱きしめる。

「守、くん……」

玲奈はゆっくりと顔をあげ、濡れた瞳で守を見つめている。そこには、悦楽と愛情に骨の髄まで蕩けきった、なんとも幸せそうな、最高に愛らしいアへ顔があった。

緩んだままの唇が、キスを求めて震えている。守はゆっくりと、玲奈の唇に唇を重ねてゆく。

「……んむ……チュッ……ふあぁ……」

唇を重ね、舌先をチョンチョンと小鳥が跳ねるように触れ合わせ、守と玲奈は恋人同士のキスに溺れてゆく。

「チュッ……アァ、イクッ……また、イクの……。守くん……好き……。愛してるの……。ハアァ、イク……キスでイクゥ……守くんとの、しあわせキスで、またイクウゥ～ン……」

玲奈の潤みきった瞳から、いつの間にか涙が溢れている。守との淡いキスに唇と心を震わせ、玲奈は幸せな絶頂に包まれてゆくのだった……。

二人は繋がったまま、寄り添い合って互いの温もりを感じていた。もう三度も放出したというのに、玲奈への想いが胸のなかで膨れあがって、守の分身はまるで萎える様子が見えなかった。

玲奈は今、守の胸に頭を預け、サワサワと胸板を撫でながら幸福の余韻に浸っている。その敏感すぎる肉体を何度も何度も奮い立たせ、守を玲奈自ら射精に導いてくれた。その行為は、淫気を浄化するためのパートナーとしてではなく、守を心の底から恋人として受け入れてくれたという証であった。

湧きあがる感動と熱い想い。この想いを、玲奈に思いきり伝えたい。じっとしていられなくなった守は、玲奈と繋がったままガバッと勢いよく起きあがる。

「クヒィッ!?……アッ……アァ……」

反動で膣襞に鋭い刺激が走り、玲奈は口をパクパクさせた。守は室内をキョロキョロと見まわす。と、ベッドの脇に置かれた鏡台が目に入った。守は繋がったままズリズリと足を動かして鏡台の前まで移動し、グリンッと玲奈の身体を反転させた。

「ンオォォォッ！　ハ、ハヒィ……」

膣穴のなかで肉棒を回転されるという、またも襲いきた予想外の刺激に、玲奈は目をしばたたかせる。

「玲奈先生。ほら、前を見てください……」

守にうながされ、玲奈は視線を前に向ける。鏡のなかには、肉棒をぐっぷりと膣穴にねじこまれ、蕩けきった表情をしている一人の女がいた。ゆらゆら揺れる水面とは異なり、鏡面ははっきりと玲奈のすべてを映しだしてしまう。

「アハァァ……。なんて、なんて気持ちよさそうな顔をしているのぉ……」

糸を引くようなネットリと艶かしい吐息をもらして、玲奈は己のアヘ顔にうっとりと見入る。そこには快楽にすべてを捧げた女の顔があった。

「はい。玲奈先生、すっごく気持ちよさそうです。僕との恋人セックスで、あんなに幸せそうなアヘ顔になっちゃってるんですよ」

「そう……そうなのぉ……。守くんとの恋人セックスで、私はこんなに蕩けてしまっているのぉ……ふあぁぁっ……オマ×コ、イクゥッ……！」

自分自身のアヘ顔を視姦して、玲奈は膣穴を収縮させ軽い絶頂を迎えてしまう。守は肉棒で玲奈の締めつけを味わいつつ、玲奈の太腿の裏にそれぞれ手をまわし、グイと持ちあげる。

「ンホオォォ……オチ×ポ、奥までズブッと入ったわぁ……。アァァ……私、いま、……すごくいやらしいポーズをしてるぅ……」

膣襞を撫でる肉棒の感触に陶然としつつ、玲奈は己の格好に戦慄を受ける。膣穴を穿たれたまま足を抱えられ、玲奈はM字開脚ポーズを取らされていた。

「玲奈先生、手を頭の後ろに組んでください。ツルツルの綺麗な腋を見せつけるように、グイッと」

「アァ……こう……？　ふあぁ……いやらしい……いやらしすぎるぅ……」

鏡のなかの自分がどんどん卑猥になってゆく様に、玲奈の瞳が蕩けてゆく。セクシーなチャイナドレスから乳房と股間を丸出しにし、フェロモンの充満した腋を見せつけるように頭の後ろで手を組み、肉棒を招き入れようとするかのような下品なM字開脚ポーズを取り、極めつけに肉棒を咥えこんで舌を大きく垂らした白痴のようなアへ顔を晒している。

「玲奈先生は、とってもいやらしくて素敵な、アへ顔痴女さんですね。チ×ポが大好きで、もっとほしくてたまらなくて、ドスケベなアへ顔で僕を何度でも興奮させちゃう、アへ顔痴女さんです」

「はへぇぇ……。私、痴女なの……。オチ×ポ大好きな、アへ顔痴女なのぉ……？ンヒッ、アヒィンッ……！」

教師の矜持を破壊するその悪魔的な響きに、玲奈の心臓がドクドクと早鐘を打つ。気づけば玲奈は、ググッと乳房を突きだし、腰をクイクイまわして守の肉棒を膣肉で貪っていた。

「アヒッ、ハヒイィッ……玲奈はアへ顔痴女教師っ、オチ×ポ大好き痴女教師なのぉんっ。でも、ちがうのぉ。玲奈が欲しいのは、守くんのオチ×ポだけなのぉ」

「もちろん、知ってますよ。くうぅっ。玲奈先生が痴女教師になるのは、僕の前でだ

けだって。みんなの憧れの知的な美人教師は、僕の前でだけアヘ顔になっちゃうんですよねっ」

腰をまわすことにより膣穴のあらゆる部分を自ら擦りあげてしまい、玲奈は快感に喘ぎ鳴く。守も興奮を抑えきれずに、カクカクと腰を使いはじめる。肉棒が膣穴をグチョグチョとかきまわし、玲奈はあっという間に絶頂を迎える。

「あへえぇっ、イクッ、イクウゥッ……！　そうなの。玲奈は未熟な教師だから、大好きな守くんの前だと、敏感でドスケベなアヘ顔教師になっちゃうのぉっ。ンアァァッ、イクッ、またイクウゥ～ッ」

自らを痴女だと認めたことで、玲奈は全身に襲いくる絶頂をも肯定的に受けとめられるようになる。連続絶頂を迎えながら玲奈は身体が快楽でバラバラになりそうな感覚を味わい、それでも躊躇せずに、守の興奮を高めようと思いつく限りの行動をする。長い黒髪を振り乱し、突きだした舌で空中を挑発的にレロレロと舐め、グイングインと大きく下品に腰をまわす。

「くあぁっ、玲奈先生、スケベです、ドスケベすぎですっ！　僕もう、たまらないですっ。ドスケベな玲奈先生、大好きですっ！　レロッ、ジュパッ、ジュチューーッ！」

汗の玉を浮かべて卑猥に収縮する腋に欲情を駆られ、守は玲奈の腋をねぶり、ほじり、しゃぶりたてる。

「ハヒイィッ、イクッ、ワキでイクゥッ！　オマ×コイキながら、ワキもイクゥッ！　守くんにレロレロされて、ワキもオマ×コになっちゃったのぉっ。ワキマ×コいいっ、ワキマ×コでイクのぉっ、ワキマ×コアクメでアヘ顔になりゅうぅ～っ！」

腋でまで絶頂を迎え、玲奈のアヘ顔がさらに蕩ける。守以外には見せられるはずもない変態絶頂を、守にだからこそ晒す玲奈に、守の衝動にさらに火がついた。

「玲奈先生っ、もっと、もっとアヘ顔になってくださいっ。恋人の僕にしか見せられない顔、もっとたくさん見せてくださいっ！」

守はガツンガツンと激しく下から玲奈を突きあげ、玲奈を絶頂のさらに奥底まで追いこんでゆく。

「ンホオォォーッ！　イクッ、イクッ、オマ×コイクゥーッ！　ズコンズコン突かれてっ、子宮がイクウゥーッ！　ハヒッ、ハヒィッ！　イキすぎて、前がよく見えにゃいっ、舌がもどらにゃいぃ～っ」

身体が起きあがるほどに突きあげられ、玲奈の脳裏に次々と桃色の花火が弾ける。引くことのない連続絶頂に、瞳は焦点を失い、舌は突きだされたまま。それでも守は玲奈の膣穴を奥の奥まで突きあげ、玲奈の脳髄を絶頂で埋めつくしてゆく。

「アヘエェエーッ！　イクッ、イクウゥーッ！　ハヘェッ、お顔がもどらにゃくなる、アヘ顔のままもどらにゃくなるぅ～っ！」

「僕の前でなら、ずっとアヘ顔だってかまいませんからっ。どんなすごいアヘ顔をしてたって、僕は玲奈先生を愛してますからっ。だからもっと、もっとアクメしてアヘ顔になってくださいっ！」

守のその熱い言葉が、玲奈の理性の最後の一本をプチンッと飛ばした。

「ンヒイィイーーーッ！　イクッ、イクッ、イクウゥゥーッ！　オマ×コイクッ、アヘ顔でイクゥーッ！　みてっ、守くん、みてぇっ！　玲奈のアヘ顔アクメでドピュドピュしてえぇぇーっ！」

実際には不明瞭であった玲奈の言葉は、しかし守にははっきりと聞き取れた。その熱い願いに応え、守は思いの丈を思いきりぶちまける。

「うあぁぁーっ！　イクッ、イキますっ！　玲奈先生のオマ×コにっ！　中出しザーメンで、もっとアヘ顔見せてくださいぃっ！　くうあぁぁーっ！」

ドビュドビュッ、ブビュビュッ、ズビュルッ、ブビュブビューーッ!!

「ンアヒイィイーーッ！　イクッ、イクッ、イックウゥゥゥゥゥーーーーーッ!!」

その瞬間。玲奈は白目を剥き、限界まで突きだした舌をベロンと垂れさげ、美しいパーツの一つ一つを極限まで緩ませて、最高のアヘ顔を晒した。

「くうっ、すごいっ、玲奈先生のアヘ顔すごいっ！　興奮が収まんないっ、まだ出るっ、玲奈先生のアヘ顔でチ×ポ壊れるぅーっ！」

鏡越しに目の当たりにした玲奈の壮絶なまでのアヘ顔に心臓をわしづかみされた守は、射精中の肉棒を狂ったように抜き差しし、さらなる射精を求める。

射精中にさらに絶頂に引きあげられ射精させられたような、あまりに強烈すぎる快感に、守の肉棒は驚くほどの長時間にわたり精液を噴出しつづけた。

そんな終わることのないかと思われた長い長い射精も、時間の経過とともに終わりを迎える。玲奈の膣穴はとっくに精液を受けとめきれず、打ちだされた分をそのまま結合部から溢れさせていた。数回分の精液を一気に搾り取られたような脱力感に襲われた守は、ペタンと尻餅をつき大きく息を吐いた。

玲奈の頭は、力なくカクンと垂れさがっていた。守は右手を玲奈の腿の裏から抜くと、玲奈の首に手を添えて上向かせる。玲奈は絶頂した瞬間と変わらぬアヘ顔を晒して気を失っていた。

「玲奈先生の、アへ顔。真面目で知的な玲奈先生の……僕だけしか、知らない顔」

その危うすぎる美は、何度でも守を奮い立たせる。守はゴクンと唾を飲みこむと、唇を寄せて玲奈の垂れさがった舌を咥え、チュパチュパと吸い立てた。

しばらくただ無心に舌をむしゃぶっていると、玲奈の舌がヒクヒクッと痙攣する。そして膣肉も、萎えかけた守の肉棒をあやすようにクニクニッと蠕動した。

「チュパチュパ……チュウゥッ……。もっと見たいな……。もっとセクシーで、もっといやらしいポーズをした玲奈先生が、アへ顔でアクメしまくっちゃうところ、見てみたい……」

守は右手で玲奈の頭を固定して舌をむしゃぶったまま、左手で玲奈の足首をつかみグイッと持ちあげてみる。足を高く掲げ大開脚した玲奈が肉棒でその中心を穿たれているポーズは、あまりに卑猥で守の興奮をさらに駆り立てた。

「うわぁ、すごい……玲奈先生がエッチなポーズを取れば取るほど、普段とのギャップで興奮しちゃう……」

気づけば守は腰をカクカク動かし、再び勃起した肉棒で玲奈の膣穴をかきまわしていた。玲奈の瞼がプルプルと震えている。もうすぐ意識を取り戻すようだ。意識が戻った瞬間に絶頂を迎えたとしたら、玲奈はどんなアへ顔をするだろう。守は玲奈の意識が戻るのが楽しみで仕方がないのだった。

その後玲奈は実際に、意識を取り戻した瞬間に絶頂に導かれ、またもはしたないアへ顔を晒した。しかしそのアへ顔を嬉しそうに眺める守を見て、玲奈の心もまた幸福の絶頂に上ってしまう。

そしてこの夜、玲奈は守の期待に応えてさまざまなポーズを取り、そのいずれでもアへ顔を晒し、数えきれないほどの絶頂に溺れたのだった。

エピローグ　僕だけの恋人《アヘ顔マーメイド》・玲奈♥

月が替わり、六月。あの運命の夜からちょうど一カ月が経った日の朝。玲奈はリビングで、母親である式守学園理事長とテレビ電話で話していた。

『玲奈ちゃん、守くん、守くんとはうまくいっているの？』

「ええ。守くん、数学以外もやる気を出してくれたみたい。居眠りばかりしていた古文の授業も、ちゃんと真面目に受けているそうよ」

『アン、そうじゃなくて。恋人としてどうなのって聞いてるの。たくさん愛してもらっているかしら？』

オブラートに包んだような、しかしそのオブラートが破れているかのような質問を向けられ、玲奈は真っ赤になってあわてふためいた。

「は、恥ずかしいことを聞かないでっ」

『ウフフ。その様子じゃ、昨日もたくさん愛してもらったみたいね。あ、そうそう。今夜は浄化の儀式の日でしょう。今の玲奈ちゃんなら、もう一段上の儀式も行えそうね』

「えっ。そんなものがあるの？ どうして今まで教えてくれなかったの」

初めて耳にする事実に、玲奈は驚くと同時にグイと画面のなかの母につめ寄る。

『あら。だってその儀式を行うには、さらに大量の淫気を体内に溜めこまないといけないのよ。パートナーのいない以前の玲奈ちゃんじゃ受けとめきれるはずがないから、教えなかったのよ。教えたら、一人で無理をしちゃうでしょう』

確かに以前の玲奈なら、無理をしてでも一人でなんとかしようとしたであろう。図星を指され、玲奈は思わず言葉につまる。

『ウフ。今夜は今まで以上に身体が燃えちゃうわよ～。パートナーくんに、しっかり慰めてもらってね』

「も、もうっ。やめてったら」

玲奈は顔を真っ赤にしてそっぽを向いた。ようやく年頃の娘らしい表情を見せるようになった愛娘に、母は嬉しそうに目を細める。

（ウフフ。守くんという素敵なパートナーが現れて、本当によかったわね、玲奈ちゃん。ご神木のお告げ通りね）

実は玲奈の母は日本を出立する前に夢のなかで、玲奈に近々パートナーとなる存在が現れることをご神木から告げられていたのだった。その予言を玲奈に伝えなかったのは、見合いの時のように余計な反発心を抱かせないためであった。

そして守を一目見た時、予言が真実となったことを確信したのだ。愛娘の運命を、初めて会ったそれも学生に委ねたのは、そういった理由からだったのである。もちろん、この少年なら玲奈を幸せにしてくれるはず、という直感も大きく働いたのだが。

(でも、これからの未来を作るのは貴方たちよ。頑張ってね、玲奈ちゃん)

少女のように恋心に頬を染める愛娘に、母は心のなかでそうエールを送るのだった。


数学の授業中。守は今日もまた、教壇に立つ玲奈の姿をうっとりと眺めていた。

(今日も綺麗だな、玲奈先生……)

板書をするべく玲奈が黒板へ向き直ると、タイトスカートに包まれた形よいヒップが守の目に映る。昨夜はあのタイトスカートの下に隠れた大きく張りのある桃尻をたっぷりと攻め立て、玲奈から甘い鳴き声を何度も引きだした。フリフリと揺れるヒップを眺めていると、つい昨夜の玲奈のかわいいアヘ顔が脳裏に浮かんできて、守はニヤニヤと頬を緩めてしまう。

と、その時。玲奈がクルッと振りかえり、その視線が守の視線をバッチリととらえた。

「……倉田くん。この問題のつづきを解いてみなさい」

「は、はいぃっ！」

玲奈に当てられ、守はあわてて黒板へと歩きだす。その様子を見ていた太一は思わずポツリと呟く。

「あ～あ。守のヤツ、とうとうマゾとして開花しちまったか」

問題を当てられたというのにどこか楽しそうに黒板へ進み出る守の姿に、太一はやれやれと肩をすくめるのだった。


そして放課後。時刻は十時をまわり、すでに日はとっぷりと暮れている。今日は月に一度、すべての部活が早く終わる日である。学生はおろか教職員すらも早々に帰宅し、学園内には一人の女教師と、そして一人の学生だけが残されていた。

「それじゃ、校内をまわりましょう」

「はい」

玲奈と守は手を繋ぎ、結界を施された夜の学園内を歩きはじめる。神秘的な夜の空気のなか、月明かりに照らされる玲奈の横顔は、よりいっそう美しく見えた。

以前貼られたお札は、一月経つと完全に風化してなくなってしまうのだと、守は玲奈に教えられた。二人は東西南北それぞれの校舎の廊下を三階から順にまわり、お札を貼ってゆく。守に左手を握られていると、玲奈はお札を手にした右手に不思議な力が流れこんでゆくような気がしていた。

十二枚のお札を貼り終えた二人は中庭に出て、巨木の前に進み出る。玲奈は守の手を放すと、巨木に施されたしめ縄を撫でながら一周する。そして両手を組んで瞳を閉じ、何事かを唱えだす。

すると学園の四方、三フロアそれぞれから光の触手が伸び、玲奈の身体に吸いこまれてゆく。眩い光に包まれた玲奈を手をかざして見つめていると、守はふとあることに気づく。

「この光、なんだか先月のより太いような……だ、大丈夫なの？」

あの暴れ狂う極太の光の触手とは比べ物にはならないものの、先月に比べて一本一本の太さがひとまわり増したように見え、守は不安に駆られる。玲奈の身体から放たれる光も、先月より強くなっているように思えた。

やがて、光のすべてが玲奈の体内に吸収される。玲奈はピクピクッと身体を痙攣させると、ストンとその場に尻餅をついた。

「玲奈先生っ！」

守はあわてて玲奈に駆け寄り、その肩をつかんで顔を覗きこむ。するとそこには、ツリ目がちの瞳をトロ～ンと蕩けさせ、しどけなく唇をほころばせて隙間からチロリと舌をのぞかせた、なんとも心地よさそうな玲奈のアへ顔があった。

「アハァ……守くぅん……」

守に気づいた玲奈は、アへ顔を晒したまま守にしなだれかかってくる。

「玲奈先生、大丈夫ですかっ。もしかしてまた、失敗しちゃったんじゃ……」

守が心配そうに尋ねると、玲奈はフルフルと首を横に振り、ニィッとなんとも妖艶な微笑みを浮かべる。

「いいえ。ちゃんと成功したわ。でもね、守くん……」

玲奈が唇のまわりを、レロンと舐めまわす。玲奈の突然の豹変に、守の背筋をゾクゾクと興奮が走り抜ける。

「今日は新しい術で、先月より多くの淫気を取りこんでみたの。ご神木をお守りするためにも、私はこれまで以上に頑張らないといけないから。……それに、守くんという心強いパートナーもいるんだもの。どれだけ大量の淫気を取りこんでも、きっと耐えてみせるわ。ウフフフ……」

玲奈は守の首筋をチロチロと舐めあげながら、そう囁いた。その雌豹のような妖しい振る舞いをどこかで見た気がした守は、しばし思考を巡らせ、そしてハッと気づく。

（まさか、あの夢……？）

それは玲奈と結ばれる前から見ていたきっかけの淫夢、ではなく。初めて玲奈と結

ばれた翌日に授業中の居眠りで見た、あの淫夢。

（じゃあ、あれは正夢で……玲奈先生は、僕がいるから安心して、エッチになっちゃったってこと？）

思いも寄らぬ事実に衝撃を受けていると、突然守の唇が塞がれた。

「んむ……ンチュゥ……守くん、なにを考えているのかしら？　ねえ、早く浄化を手伝って。私もう、身体が熱くて、仕方ないの……」

玲奈は守をあお向けに押し倒すと、雌豹のように妖しく瞳を輝かせて守を見つめている。守はゴクリと唾を飲みこむと、玲奈をグイと引き寄せ、逆にその唇を奪う。

「ムチュッ、ブチュゥッ。安心してください。僕は玲奈先生のパートナーで、そして恋人ですから。玲奈先生のエッチな気持ちは、全部僕が受けとめますっ」

「ジュパジュパッ、ムチュゥッ。アァン、守くん、受けとめてぇっ。玲奈のすべてを受けとめてほしいのぉっ。レロレロッ、ブチュゥッ……。ふあぁぁっ、イクッ、キスでイクゥッ。大好きな守くんとのキスで、玲奈は教師なのに、今日もアヘ顔になっちゃうのぉっ。あへぇぇぇ～っ！」

二人は口外に垂らした舌をネチョネチョと絡め合わせ、淫靡なキスに耽る。玲奈は瞳を幸せそうに蕩けさせ、守の舌を舐めあげながら舌をヒクヒク震わせて、今夜もまたアヘ顔を晒して絶頂を迎えるのだった。


（ＦＩＮ）

キュピーーーーン
ほら着たわよ
昔の制服
なんでこんな
格好がいいの？
うんいい！
すごくいいよ！
「先輩」でも
通用する
バカ
そんな訳
ないでしょ！
もう
いいでしょ？
は　恥ずかしいわ
ちゅ♥
ぴくん！
きゃ！
このままHしよ
玲奈先輩♥
はぁ
そんなぁ
あっ
はぁ
ペロペロ
あんっ♥

はぁ
ピチャ ピチャ ピチャ
はぁ
がくっ!
先輩のスカートの中
いい匂い…僕おかしく
なっちゃいそう
がくがくっ!
はぁ
だ…だめぇ
そんな所…
舐めちゃ…
フフフ…
ペロペロペロッ
ずずッ
はあぁ…っ
つぃっ
ちゅ♥
やんっ
そっ…
アソコ
舐められた
かったの?
そんな事ない!
かぁっ
もう匂いさせてるくせに
素直じゃないなぁ
はぁ
はぁ
ペロ
ペロ
じゃあアソコ舐めて
あーげないっと

でも舐めちゃう♥
ひゃあうっ!?
あ
あ
あ
強制アクメ1回目
強制アクメ2回目
はぁ…っ　らめぇ…っ
守君…あはっ
おひんひん
はぁ
れろれろ♥
はぁ
れるれる
おひんひんれ
イカせてぇ～

はぁ
玲奈先輩…もうパンティぐちゃぐちゃになってるよ
あぁん…
はぁ
ぱ
や
はぁ
やぁん…守君のエッチ…
じゅん…じゅん…♡
もっと見てぇ
はぁ
あふ…
うん 直に見るね
ぐいっ
あはぁ…っ
うわぁ 先輩のパックリ開いちゃってる
あぁ…っ
はぁ
ひくん
ひくん
中も外もピンクでとても綺麗だぁ…
あ…っ
はぁ
はっ
はっ
うふ 見てるだけじゃわから…ないよ
おチ×ポで味わってみてぇ
はぁっ

ぬるぅ
うん 先輩♥
くひぃっ!!!
またイッたの
玲奈先生？
は…ひ…♥
亀頭に…
膣口ぃ…ん
広げら…れて
イク…うん
♥♥♥
強制アクメ3回目
ダメだよ
先輩なんだから
もっと
しっかりしないと
ら…め…
む…り…
4回目
だーめ♥
ああん
イクうう〜!!
5回目
じゃあ罰として
この格好で学校行って
Hしようよ♥
え…
そ…んな
いやぁぁ…
はぁ
はぁ

うぅッ
ドクッッ
は…!?
おおッ
せんせい!!
ああああああ
10回目
はぁ
はぁ
にゅるっ…
はぁ
あ…
あへ…
あ…
10回目継続中
はぁ…
はぁ…
はぁ…

はぁ
綺麗だ…先生…
はぁ
はぁ
あ…
宝石みたいなオシッコです…
あはぁ…
しゃあぁぁあ
あああぁあ
はぁ
はぁ
玲奈先生　失神中…
お　おはよう
ざわ…ざわ…
本当に着て

えすかれ
美少女文庫
FRANCE SHOIN

アヘ顔《がお》見《み》ないで！　先生《せんせい》はクールな退《たい》魔《ま》士《し》

著者／鷹羽シン（たかは・しん）
挿絵／鬼ノ仁（きの・ひとし）
発行所／株式会社フランス書院
〒102-0072　東京都千代田区飯田橋 3- 3 -1
電話（営業）03-5226-5744
（編集）03-5226-5741
URL http://www.bishojobunko.jp

印刷／誠宏印刷
製本／宮田製本

ISBN978-4-8296-5938-0 C0193